MOLLY MALONE

Ungekürzte Taschenbuchausgabe

1. Auflage Mai 2021

©Thomas Ebeling

Bibliografische Information der
Deutschen Nationalbibliothek:
Die Deutsche Nationalbibliothek verzeichnet
diese Publikation in der Deutschen
Nationalbibliografie;
detaillierte bibliografische Daten sind
im Internet über dnb.dnb.de abrufbar.
Coverbild »Ostronplockerska«
August Hagborg 1852-1921,
Wiki commons, public domain, gemeinfrei
Bild Muschel von wurliburli auf Pixabay
Covergestaltung: Satz und Gestaltung:
Orthen Design Würzburg
Herstellung und Verlag: BoD – Books on Demand,
Norderstedt

ISBN: 9783753479699

ZU DIESEM BUCH:

»She died of a fever, and no one could save her, and that was the end of sweet Molly Malone...« Wer war die Frau, die so jung am Fieber sterben musste, im Dublin Ende des 18. Jahrhunderts? Ihr wurde ein Denkmal gesetzt, und jedes Kind in Dublin kennt das Lied über sie...

Diese Geschichte ist frei erfunden. Ein Mann Namens William Godfrey war Ende des 18. Jahrhunderts tatsächlich High Sheriff in Kerry. Seinen Titel als Lord erwarb er jedoch später. Diese historische Person hat aber mit der Person in der Geschichte nichts zu tun, er diente mir nur als Inspiration. Sein Charakter und seine Verhaltensweisen sind völlig frei erfunden. Alle weiteren Namen, bis auf den der Molly Malone sind erfunden. Ähnlichkeiten zu lebenden oder toten Personen sind rein zufällig.

Thomas Ebeling

MOLLY MALONE

NOVELLE

1

»Jenkins! Verdammt, wo steckt der Kerl?«, rief Sir William Godfrey, Lord of Kerry und Mitglied im Oberhaus des irischen Parlamentes seiner Majestät, König George III. von Großbritannien. Godfrey war etwa Mitte Dreißig und ein sehr gut aussehender Mann in der Blüte seiner Jahre. Er war gerade dabei, sich von seinem Diener ankleiden zu lassen und beinahe fertig. In wenigen Minuten wollte er zum Parlamentsgebäude in Dublin aufbrechen. Die Kutsche stand schon vor dem Stadthaus des Lords in der Bishop Street bereit. Sir William war etwas aufgeregt, da seine erste große Rede anstand. Sein neuer Sekretarius Benjamin Jenkins, den er aus der westirischen Provinz mitgebracht hatte, war damit beauftragt worden, sie rhetorisch zu überarbeiten. Dieser junge Mann mit den dunklen Augen und dem schwarzen Haar hatte viele Talente. Das hatte der findige anglo-irische Lord sofort bei ihrem ersten Treffen erkannt. Damit, dass der großgewachsene, schlanke Jüngling zu seinen herausragenden mathematischen Kenntnissen auch noch mit einer ausgesprochen feinen Sprachbegabung und einem äußerst scharfen Verstand gesegnet war, konnte sich der Lord sehr zufrieden schätzen. Dennoch behandelte er seinen Angestellten nicht besser als seine Lakaien, denn ein Untergebener war, was er war. Es gab eben solche und solche. Nützliche und Notwendige. Benjamin Jenkins schätzte Lord Godfrey als beides ein. Es hatte etwas gedauert, bis der junge Mann davon überzeugt werden konnte, mit ihm nach Dublin zu gehen. Einen großen Teil der Zeit im Jahr hielt sich der Lord mit seinem Gefolge in Dublin auf. Seine Gemahlin hingegen blieb mit den Kindern lieber auf dem Landgut in der Nähe von Cork. Seit der Geburt ihres ersten Kindes verabscheute sie mehr und mehr das Stadtleben mit seinen gesellschaftlichen Verpflichtungen, den Bällen und der affektierten besseren Gesellschaft. Dieses falsche Spiel der feinen Ladys, die sich gepflegt unterhielten und hinter vorgehaltener Hand übereinander lästerten, war ihr ein Gräuel. So zog sie es vor, in Fillbington Hall, dem Landsitz der Godfreys zu leben. Mittlerweile hatte sie vier gesunde Kinder zur Welt gebracht und kümmerte sich um deren Erziehung und die Gärten des Schlosses. Seit einiger Zeit gab es auch einen neuen Verwalter, der den bei einer Verbrecherjagd getöteten Fowler ersetzte. Jenkins stand in schriftlicher Korrespondenz mit dem Mann, er hieß John Harper und schien sauber und loyal zu arbeiten.

»Was halten Sie von Harper, Jenkins?«, hatte Godfrey schon mehrmals gefragt. Jedesmal musste Benjamin ausweichen, denn er kannte ja nur dessen Briefe und Abrechnungen.

»Er schreibt in einem sauberen Stil, seine Abrechnungen sind in sich schlüssig«, sagte er mehr als einmal zu seinem Dienstherren.

»Aber?«, fragte dieser dann jedes mal. Sinngemäß war Jenkins Antwort immer wie diese:

»Kein Aber, Sir. Ich maße mir kein Urteil über einen Menschen an, den ich nur aus Briefen über Geschäfte und Abrechnungen kenne. Vielleicht könnte Lady Godfrey mehr über ihn sagen, Sir? Schließlich hat sie beinahe jeden Tag mit ihm zu tun.«

Ein nachdenkliches »Hm«, war meist die Reaktion Godfreys. Das hätte eine ausführlichere Korrespondenz mit der eigenen Ehefrau bedeutet, die über die üblichen Floskeln hinausging. Godfrey schien dies vermeiden zu wollen. Jedenfalls, in den Briefen, die Jenkins gesehen hatte. Und bereits mehrmals hatte der Lord das Schreiben von Briefen an die eigene Frau seinem Sekretär überlassen. Jenkins tat zwar wie geheißen, fühlte sich dabei allerdings extrem unwohl. Zudem mutmaßte Jenkins, dass die abendlichen Ausflüge Godfreys nicht nur seinem Herrenclub und dem Gasthaus oder Anstandsbesuchen zum Dinner bei der örtlichen Aristokratie galten. Vielmehr hatte der Sekretär den Verdacht, dass der Lord einige Liebschaften nebenbei unterhielt, da er oft sehr spät oder gar nicht nach Hause kam. Auch kamen immer wieder parfümierte Briefe von verschiedenen Damen hier an, die der junge Sekretär mit hochrotem Kopf seinem Herrn diskret unter die sonstige Post legte.

»Übrigens, Jenkins, Sie begleiten mich heute ins Parlament! Ich denke, es ist an der Zeit, Sie meinen Mitabgeordneten vorzustellen. Ausserdem brauche ich Ihre Expertise zu einigen Leuten in meinem Umfeld.«

»Wie, heute?«

»Ja, heute. Jetzt gleich!«

Der junge Sekretär stand mit geöffnetem Mund ungläubig da.

»Glotzen Sie nicht wie ein Schaf, Jenkins! Wir fahren in fünf Minuten!«

Benjamin Jenkins hasste solche spontanen Überraschungen. Natürlich wußte Lord Godfrey das. Es bereitete ihm einen Höllenspaß, den jungen Mann zu scho-

8

ckieren.

»Haben Sie nicht gehört, Jenkins? In fünf, nein, in vier Minuten. Und Sie wissen, ich hasse Unpünktlichkeit!«

Jenkins sah an sich herab. Wie immer trug er seine schwarze Kniebundhose und eine schwarze Weste. Seine Finger waren von Tinte geschwärzt und er hätte sich eigentlich noch rasieren und die Haare bürsten müssen.

Er rannte wie von der Tarantel gestochen aus dem Arbeitszimmer und hechtete die Treppe hinauf zu seiner Kammer im vierten Stock. In Windeseile wusch er sich das Gesicht und die Hände, kämmte schnell die langen, schwarzen Haare nach hinten und band sie im Genick zum Zopf. Für eine schöne Schleife blieb keine Zeit. Dann zog er seinen schwarzen Gehrock schnell vom Haken, dabei gab es ein hässliches Rissgeräusch. Da es aber in der Kammer nur schummriges Licht gab und Benjamin am Gehrock keine Beschädigung erkennen konnte, maß er diesem Geräusch keine weitere Bedeutung bei. Er rannte die Treppe hinunter und erwischte seinen Herrn gerade noch an der Haustüre.

»Keine Sekunde zu früh!«, grinste Sir William und sah auf seine Taschenuhr, »Sie haben meine Rede?«

Benjamin wurde es heiß und kalt. Er rannte zurück

ins Arbeitszimmer und griff nach der Mappe mit der Rede. Er warf einen kurzen Blick hinein und sah das Schriftstück. Dann lief er so schnell er konnte zurück zum Hauseingang, stolperte dabei aber im Gang und fiel der Länge nach hin. Die Mappe rutschte ihm aus der Hand und die Blätter flogen durch den Flur. Einer der Lakaien half ihm auf und suchte mit ihm die Blätter zusammen. Immerhin waren es fünfzehn Seiten, extra groß geschrieben, denn Sir Godfreys Augen waren nicht die allerbesten. Der Sekretär seufzte. Er würde in der Kutsche die Reihenfolge nochmal prüfen müssen. Als er dann aus dem Haus trat, regnete es zu allem Übel. Godfrey, der mit Hut und Mantel unter dem Vordach gewartet hatte, wippte ungeduldig mit dem Fuß.

»Das Geld für die Wartezeit des Kutschers ziehe ich Ihnen vom Gehalt ab, Mister. Ich sagte ja, ich hasse Unpünktlichkeit!«, raunte er seinen Angestellten an.

»Jawohl, Sir!«, presste Benjamin heraus. Er ärgerte sich sehr, dass er nicht gleich an die Mappe gedacht hatte. Trotzdem war ihm auch bewusst, dass sein Dienstherr sich einen Spaß daraus machte, ihn zu schikanieren, und es sowieso unmöglich gewesen wäre, solchen Wünsche nachzukommen.

Sir William wußte hingegen genau, dass er nur durch

Spontanität Jenkins überraschen konnte, hätte dieser von dem Termin gewusst, wäre er perfekt vorbereitet gewesen. Sir William war aber darauf aus, seine Untergebenen stets klein zu halten und solche spontanen und unmöglich zu erfüllenden Aufgaben empfand er als probates Mittel zu diesem Zweck.

In der Kutsche redete Sir William dann ununterbrochen, er war nun doch sehr aufgeregt und nervös wegen seiner ersten Rede vor dem hohen Haus. Es ging um einiges, wie zum Beispiel die Idee der Irish Volunteers, die als eine Art irischer Bürgerwehr gegründet werden sollten, denn immer mehr Truppen mussten wegen der aufständischen Kolonisten in Übersee aus Irland abgezogen werden. Es bestand die Befürchtung, dass Irland so schutzlos gegen feindliche Invasoren, wie zum Beispiel Frankreich, sein könnte. Da bisher keine Katholiken zum Militär zugelassen waren, ja nicht einmal Waffen besitzen durften, war dies eine heikle Frage. Nicht wenige anglo-irische Adelige und Politiker befürchteten, eine solche Vereinigung könnte der Vorläufer einer irischen Befreiungsorganisation oder gar Armee sein. Ein weiterer Punkt waren die Steuerabgaben, die noch einmal erhöht werden sollten, da der König dringend Geld brauchte, um seine Truppen in den amerikanischen Kolonien aufzustocken. Die frechen Kolonisten, sie nannten sich Patrioten, hatten sich dort erhoben und strebten die Unabhängigkeit an. Zweieinhalb Millionen Untertanen könnte der König dadurch auf einen Schlag verlieren, dazu möglicherweise alle Besitzungen in Nordamerika, von denen man einige erst wenige Jahrzehnte zuvor den Franzosen in langen, teueren Kriegen abgenommen hatte. Zudem fürchteten weitsichtige Politiker einen Flächenbrand, der gar die britischen Inseln selbst erreichen konnte. Eine »Krise apokalyptischen Ausmaßes« nannte sie Godfrey. Sein Sekretär jedoch wählte bedächtigere Worte, beschwor in der Rede die Einheit der Nation, die Stärke der Navy, die Wichtigkeit des Handels und Warenaustausches, sowie die Entsendung von Siedlern nach Übersee, gerade auch aus Irland, da hier die Bevölkerung stark wuchs, seitdem der Kartoffelanbau auf der Insel eingeführt und dadurch die Versorgung verbessert worden war. Provokationen müssten dringend unterlassen werden und eine weise und friedliche Lösung angestrebt. Godfrey hatte die Rede mehrmals durchgelesen, war zunächst wütend, tobte herum, las sie dann wieder und wieder, hinterfragte jeden Satz. Nach und nach hatte er eingesehen, dass die Rede genial war, forderte sie doch das gleiche Ergebnis ein, wie ein bewaffneter Konflikt. Alle zusammen unter einem König, freies

Wirtschaften und freien Handel, Stärkung der Warenproduktion und Beherrschung der Märkte. Schließlich begann er zu verstehen, dass hier ein junger Mann am Werke gewesen war, der wohl über mehr Weitblick als das ganze Parlament zusammen verfügte. Mit so einem genialen Kopf an seiner Seite würde Sir William weiter aufsteigen können. Und das, ohne mit dem Säbel zu rasseln, wie es die Hardliner und Militärs im Beraterkreis des Königs forderten. Denn Krieg bedeutete immer immense Kosten und hohes Risiko.

»So, wir sind da. Jenkins, Sie bleiben hinter mir. Sie sprechen nur, wenn Sie gefragt werden! Vergessen Sie nicht, hier sind Sie unter Lords und Gentlemen. Es ist eine Ehre und ein Privileg für einen Mann Ihrer Herkunft, hier überhaupt eintreten zu dürfen!«, mahnte der Lord noch in der Kutsche.

»Ja, Sir. Danke, dass Sie mir die Gelegenheit geben«, sagte Benjamin.

Benjamin stieg aus der Kutsche, die vor dem Haupteingang des Parlamentsgebäudes von Dublin angehalten hatte. Er hielt in der einen Hand die Mappe mit der Rede, mit der anderen hielt er den Verschlag für seinen Herren, Sir William Godfrey, auf.

Langsam und würdevoll schritt der Lord die Stufen hinauf. Trotz des Regens waren doch einige Schaulustige da, auch einige Damen waren anwesend. Sir William grüßte mit einem leichten Kopfnicken in die Runde. Oben angelangt, lief Benjamin vor, um die große Türe zu öffnen.

»Großer Gott, Jenkins! Wie sehen Sie denn aus? Ihr Gehrock ist ja hinten zerrissen! Wie können Sie es wagen, mich so zu begleiten?«, zischte der Adelige.

»Ich, Sir..., entschuldigung, ich habe es nicht bemerkt. Es muss im Dunkeln in der Kammer passiert sein«, gab Benjamin kleinlaut zurück.

»Her mit der Mappe, Sie Dummkopf! Hauen Sie ab! Gehen Sie nach Hause oder zum Schneider oder sonst wo hin! Aber lassen Sie sich nie wieder so mit mir sehen!«, raunte Godfrey dem jungen Mann zu, riss ihm die Mappe mit der Rede aus der Hand und verschwand im Gebäude.

Benjamin blieb auf den Stufen im Regen stehen. Er verspürte eine Wut in sich aufsteigen, die er nur selten erlebt hatte. Er beschloss, den Weg zurück zu laufen. Obwohl es regnete und eiskalt war, war Benjamin heiß. Er war so wütend, dass er nichts spürte. Innerhalb von Minuten war er bis auf die Haut nass. Im Stadthaus angekommen, zog er den nassen Gehrock aus und schleuderte ihn auf den Boden. Dabei brüllte er laut. Dann zog er die restlichen nassen Sachen aus und rieb sich mit einem großen Handtuch trocken. Plötzlich klopfte es an der Kammertüre. Erschrocken wickelte sich Benjamin notdürftig das Handtuch um.

»Entschuldigen Sie, Mister Jenkins, ist alles in Ordnung?«, hörte er die Stimme von Ruby, dem Stubenmädchen, welches die Kammer nebenan zusammen mit der Köchin Mrs. O'Harra bewohnte.

»Alles in Ordnung, Ruby!«, rief Benjamin »Ich habe nur dämlicher weise meinen Gehrock zerrissen und mich etwas laut darüber geärgert. Bitte entschuldigen Sie, wenn ich Sie erschreckt habe«, rief er durch die Türe.

»Kann ich helfen, Sir? Ich kann sehr gut nähen. Warten Sie, ich komme herein«, sagte Ruby und drückte die Türe auf.

»Neiiin!« rief Benjamin noch. Aber da stand sie schon im Zimmer und begutachtete, was sie da sah. Es schien ihr zu gefallen.

Mit dem Handtuch um die Hüften schob Benjamin sie wieder aus dem Zimmer.

»Ich wäre Ihnen sehr verbunden, wenn ich mich erst anziehen dürfte, Ruby!«, sagte er, »Ich bringe Ihnen den Gehrock.«

Benjamin schüttelte den Kopf. So eine unmögliche Person. Wenn das die anderen Lakaien mitbekommen hatten, dann gab das Ärger. Oder zumindest dumme Sprüche. Rasch zog er frische Sachen an, rasierte sich und bürstete sein Haar. Diesmal band er einen akkuraten Zopf mit dem Samtband und vollendete dies mit einer perfekten Schleife. Dann nahm er etwas von seinem ersparten Geld, gab Ruby den Gehrock, dazu ein paar Pennies für das Nähen und lief die Treppe hinab. Er wies einen der Diener an, eine Kutsche zu bestellen und zog seinen guten Dreispitz und seinen Sonntagsmantel an.

Er blickte auf die Uhr in der großen Eingangshalle. Die Parlamentssitzung würde bestimmt noch eine Stunde dauern. Sein Plan war, den Lord damit zu überraschen, dass er ihn pünktlich zum Ende der Sitzung mit einer Kutsche abholte, denn wenn alle Abgeordneten gleichzeitig herauskamen, würden sie sich bei diesem Wetter um die Mietkutschen streiten. Lord Godfrey aber würde direkt einsteigen können.

Benjamins Plan ging auf. Er musste vor Ort nur etwa 20 Minuten warten, da kamen auch schon alle heraus und riefen nach Droschken. Jenkins sah Sir William und winkte ihm zu. Der Lord kam schnell die Treppe herunter und alle anderen Abgeordneten machten ihm eine Gasse, etliche applaudierten. Die Rede war ein Triumph gewesen, und nun konnte der Lord auch noch direkt in eine Kutsche steigen, ohne sich darum kümmern zu müssen.

»Sie haben einiges verpasst, Jenkins!«, rief Sir William überschwänglich, als er in die Kutsche stieg. »Zum Club! Ich lade Sie ein! Wie ich sehe, haben sie sich vorzeigbar zurechtgemacht.«

Der Lord war nun in bester Laune. Der Ärger über seinen Sekretär schien verflogen und vergessen.

2

»Herzmuschel! Muscheln! Frisch und lebendig! Kommt, Leute! Kauft!« rief die Muschelverkäuferin, die ihren zweirädrigen Handkarren durch die engen, schmutzigen Gassen der Innenstadt Dublins rollte.

Bereits an seinem ersten Tag in der Stadt war Benjamin die junge, hübsche Meeresfrüchteverkäuferin aufgefallen. Sie war freundlich und sprach jeden Passanten an, ob er diese Woche schon Muscheln gegessen habe. Frisch aus dem Meer seien sie und heute morgen noch im Wasser gewesen. Mit ihrem Verkaufskarren zog ein Meeresduft durch die Gassen, der den jungen Mann sofort an sein Heimatdorf erinnerte. Auch dort, direkt an der Küste in der Nähe der Stadt Tralee gab es Muschelsammler, die bei jedem Wetter die glitschigen Felsen nach den begehrten Meeresbewohnern absuchten. Das war mitunter lebensgefährlich, vor allem dann, wenn eine hohe Brandung und schlechtes Wetter die Arbeit erschwerte. Jedes Jahr kamen bei dieser Arbeit Menschen ums Leben, denn wenn man von den Felsen ins Meer abglitt, kam bereits bei leichtem Seegang oft jede Hilfe zu spät. Entweder wurde man von der Brandung an die Felsen geschmettert, oder von den starken Strömungen in die Tiefe gezogen. Die wenigsten konnten schwimmen oder sich lange Taue leisten, mit denen man sich hätte sichern können.

Die Dubliner Muschelverkäuferin hieß Molly, das hatte Benjamin Jenkins mittlerweile herausgefunden. Molly Malone. Alle in ihrer Familie verkauften Muscheln und Fisch, je nach Saison. Jetzt im November eben hauptsächlich Muscheln.

Benjamin war viel zu schüchtern, um sie anzusprechen. Außerdem hatte er ein schlechtes Gewissen, weil er eigentlich einer jungen Dame in Killarney den Hof machte. Er schrieb ihr mehrmals in der Woche, jedoch kam in letzter Zeit leider sehr wenig Post zurück, was ihn zusehends verwirrte. Er hatte eigentlich gedacht, ihre Gefühle ihm gegenüber wären sehr tief, aber die wenigen Briefe von ihr wurden immer oberflächlicher. Miss Collins war die Tochter seines ehemaligen Dienstherren, des Sheriffs von Killarney. Seit einem halben Jahr war nun Benjamin in Dublin und hatte im letzten Sommer diese Stadt lieben und hassen gelernt. Prächtige Bauten und Straßen im neuen

Zentrum, dem Regierungsviertel, und Slums mit entsetzlichen Lebensbedingungen in den Vororten.

Dazwischen lagen die Straßen und Wohngegenden der gehobenen Bürgerschicht und des Adels, je weiter man von diesem Zentrum der Macht und des Kapitals entfernt war, desto schlechter wurden die Umstände.

Die Muschelsammler kamen aus der untersten Schicht. Da sie zwischen Land und Meer ihrer nasskalten, gefährlichen Beschäftigung nachgingen, mussten sie keine Pacht zahlen. Allerdings stritten sie untereinander um die besten Sammelplätze.

Das Meer spülte im Herbst und in den Wintermonaten so viele Cuckles, also Herzmuscheln an, dass genug für alle da war. Allerdings war das Überangebot wiederum schlecht für die Preise.

Benjamin Jenkins fand, dass man anhand der Muschelsaison sehr gut die Funktionsweise von Märkten studieren konnte. Angebot und Nachfrage, Überangebot und Preisverfall, Kampf um die Rohstoffe durch die Behauptung der Sammelplätze, aber auch das Marketing von Waren. Molly war wahrscheinlich mit Abstand die beste Muschelverkäuferin der Stadt. Jedes mal, wenn der junge Sekretär das Gerumpel eines Handkarrens hörte, blickte er aus dem Fenster, oder drehte sich auf der Straße um, in der Hoffnung, er würde sogleich Mollys Stimme hören.

Er hatte nur ein Problem: Er hasste Muscheln.

Alleine die Vorstellung, dass die Tiere lebendig gekocht, oder gar roh verzehrt wurden, war ihm ein Graus. Er liebte zwar den Geruch von Seetang und Salzwasser, diese Mischung aus Frische und Fisch.

Aber Muscheln und Krustentiere – Bah!

Trotzdem hatte er bereits mehrmals Muscheln bei Molly gekauft, nur wegen ihres Lächelns. Einmal hatte er seinen Einkauf sogar auf dem Verkaufsstand liegen gelassen.

»Sir? Ihre Muscheln! Sie haben sie vergessen!«, hatte die hübsche junge Frau ihm nachgerufen. Nicht wenige andere Kunden waren grinsend danebengestanden. Peinlich berührt und mit rotem Gesicht war er zurückgegangen und wäre vor Scham am liebsten gestorben.

»Wo hab' ich nur meinen Kopf?«, hatte er gestammelt. Molly hatte herzhaft gelacht. So ansteckend, dass er ebenfalls mitlachen musste.

Ja, dachte sich Benjamin. Wenn man die Kunden dazu bringen könnte, etwas zu kaufen, was sie gar nicht wollen oder brauchen, dann wäre man ein gemachter Mann.

3

Als nun die beiden Männer auf dem Weg zum Club waren, erzählte Sir William überschwänglich wie seine Ansprache bejubelt worden war. Benjamin hörte nur zu, lächelte und nickte. Dann kam ihm eine Idee.

»Sir, bei allem Respekt, wäre es nicht besser, nicht als Erster im Club zu erscheinen? Die Nachricht über Ihren Triumph sollte sich erst verbreiten können. Wir sollten vielleicht eine Stunde warten, damit die Herren sich alle einfinden können.«

»Hervorragende Idee, mein Lieber! Hervorragende Idee!«, rief Sir William. Er wies den Kutscher an, eine kleine Spazierfahrt zu machen, entlang des Flusses Liffey, ein Stückchen flussaufwärts. Nach etwa einer halben Stunde wollte er dann umkehren lassen, denn der Club lag eigentlich nur wenige hundert Yards vom Parlament entfernt.

Der Club, den Sir William besuchte, war ein typisches Gasthaus für reiche und adelige Persönlichkeiten. Er war selbstverständlich nur Männern vorbehalten. Bei guten und teuren Getränken gab es erlesene Speisen und diverse Zerstreuung wie das Kartenspiel. Whist war das Spiel der Gentlemen. Sie spielten um hohe Summen und jeden Abend gingen kleine Vermögen über den Tisch. Sir William war ein mittelmäßiger Spieler, denn Logik und eine hohe Merkfähigkeit waren neben Glück die Grundlagen, um in den Partien gewinnen zu können. Benjamin kannte das Spiel, er hatte es von seiner Tante gelernt, die eine ausgezeichnete Whistspielerin gewesen war. Damals ging es allerdings um Hosenknöpfe. Benjamin fand es erschreckend leichtsinnig, um so viel Geld zu spielen und dazu noch eine große Menge Alkohol zu konsumieren, der zur Selbstüberschätzung anstachelte.

»Sie hätten die Gesichter dieser Kriegstreiber sehen sollen. Allen voran Lord Byron, dem alten Aasgeier. Ha! Nach dem heutigen Tag wird es schwer sein, eine Mehrheit für eine Aufstockung der Militärausgaben in diesem Land zu gewinnen.«

»Ich gratuliere, Sir. Darf ich aber zu bedenken geben, dass dies nur eine kleine Schlacht war? Um in diesem Konflikt und auch in den anderen zu bestehen, bedarf es meiner Einschätzung nach weit mehr, Sir William.«

»Sie reden wie mein Vater! Dabei sind Sie gerade Anfang zwanzig, oder? Aber Sie haben recht, es war heute nur ein Scharmützel. Aber wir sollten es dennoch genießen und ordentlich feiern, meinen Sie nicht?«

»Natürlich, Sir. Und das gehört ja auch zum nächsten nötigen Schritt.«

»Wie meinen Sie das?« Godfrey war verwirrt.

»Nun, wenn Sie heute gefeiert werden, ist das eine gute Gelegenheit, Sympathie und Antipathie genau zu analysieren. Wer steht wirklich zu Ihnen und auf Ihrer Seite, und wer biedert sich nur an. Und vor allem, wer ist gegen Sie und sucht seinerseits Verbündete.«

»Sie machen mir Angst, Jenkins! Sind sie jetzt auch noch Politiker? Gibt es eigentlich eine Sache, die sie nicht können?«

»Äh, das wissen Sie ja, Sir. Ich bin ein miserabler Reiter, Fechter und Schütze.«

»Kann man alles lernen und üben. Aber einen scharfen Verstand, den kann man nicht lernen, das ist ein Geschenk Gottes!«

»So wie eine hohe Geburt«, entfuhr es Benjamin, der diese Worte schnell bereute. Sir William sah ihn scharf an.

»Messerscharf erkannt, Mister! Aber Sie sollten ihre Zunge etwas mehr im Zaume halten, vor allem später im Club. Sie werden für mich die Leute dort, wie sagten Sie, »analysieren«. Und dann werden Sie mir alles schriftlich dokumentieren.«

»Jawohl, Sir!« gab Benjamin zurück.

Der Lord sah aus dem Fenster und was er da sah, gefiel ihm gar nicht. Sie waren mittlerweile in den ärmsten Vierteln der Stadt angelangt. Es war dreckig und die Menschen hausten in Baracken und mit Grassoden gedeckten, niedrigen Hütten. Kaum jemand war zu sehen, im kalten Regen waren nur diejenigen unterwegs, die es unbedingt mussten. Und diese Menschen gehörten zu den armseligsten, die man sich vorstellen konnte. In Lumpen gehüllt, meist barfuß, trotz der Novemberkälte. Zunächst nahm man die blanken Füße gar nicht wahr, denn diese waren genauso schwarz wie der Boden, sodass man den Eindruck hatte, die Leute seien aus ihm gewachsen. Ein Mann, den sie sahen, schob einen Handkarren, ähnlich dem der Fischverkäuferin Molly, mit dem Unterschied, das darauf mehrere Leichen von Menschen jeden Alters lagen. Auch Benjamin Jenkins sah hinaus und war entsetzt. Welch ein Gegensatz zu den Reichtümern in der Innenstadt. Lord Godfrey wies den Kutscher an, sofort umzukehren. Als die Kutsche dadurch für einen kurzen Moment gestoppt hatte, kamen wie aus dem Nichts Kinder in schmutzigen Lumpen mit verdreckten Gesichtern und Händen an die Kutsche, und klopften und bettelten. Der Kutscher schrie sie an, sie sollten die dreckigen Pfoten von seiner Kutsche lassen und schlug mit der Peitsche auf sie ein. Aber diese Kinder waren von der Peitsche und dem Geschreie unbeeindruckt, sie schienen keinen Schmerz zu empfinden. Benjamin suchte in seiner Tasche nach Geld, um es den Kindern zu geben.

»Tun Sie das nicht, Jenkins. Wenn die merken, dass es hier etwas zu holen gibt, kommen wir nicht heil zurück! Oder denken Sie, dass hier nur Kinder leben?«, sagte der Lord hart.

Benjamin sah verdutzt drein.

»Los, Kutscher! Beeilung. Wir wollen hier nicht anwachsen!«, rief Godfrey dem Kutscher zu.

»Aye, Sir!«, gab der Mann zu Antwort, trieb das Pferd an und lenkte die Kutsche über die schlammige Straße zurück in Richtung Innenstadt.

»Auch etwas, was man ändern muss...«, murmelte Benjamin.

»Was? Die Armen sind sehr arm, die Reichen sind sehr reich. Das wollen Sie ändern? Dann wollen Sie also die gottgegebene Ordnung stürzen?«

»Nein, keinesfalls, Sir. Es würde genügen, wenn man das Wort »sehr« aus dem Satz verdrängen könnte.«

»Vorsicht, Jenkins! Das könnte man als aufrührerisches Reden interpretieren. Solche Gedanken sind sehr gefährlich. Natürlich ist es bedauerlich, Kinder in Armut zu sehen. Aber Politik wird nicht aus Sentimentalität betrieben. Es geht immer ums Gewinnen, verstehen Sie? Und man sollte auf der Seite eines Gewinners sein, gerade wenn man wie Sie von einem solchen abhängt!«

Benjamin nickte.

Sie hatten wieder eine bürgerliche Gegend erreicht und die Straßen wurden besser. Schon rumpelte die Kutsche über Pflaster. An einer Kreuzung mussten sie anhalten, weil viele Menschen und Fuhrwerke auf der Straße waren. Irgendetwas schien den Weg zu blockieren. Beide Männer reckten den Kopf aus dem Fenster und versuchten zu erkennen, was da los war. Scheinbar hatte es einen Unfall gegeben.

»Das sehen wir uns an. Es regnet glücklicherweise nicht mehr. Kommen Sie, Jenkins!« sagte der Lord in seinem üblichen Befehlston, der keine Widerrede zuließ.

Mitten in der Kreuzung hatte ein Fuhrwerk anscheinend einen Handkarren überrollt. Der Karren war völlig demoliert und seine Ladung, haufenweise Muscheln, die in flachen Körben transportiert worden waren, war über die Straße gerollt. Die Muschelhändlerin schimpfte mit dem Fuhrmann, der seinerseits ihr die Schuld für den Unfall gab. Dabei sparte er nicht gerade mit Flüchen und Schimpfwörtern, dem sie jedoch in nichts nachstand. Die Menschen um sie herum sahen den beiden belustigt zu, einige begannen gar Wetten abzuschießen, wer wem zuerst eine Ohrfeige verpassen würde. Erschrocken erkannte Benjamin die junge Frau. Es war Molly Malone. Benjamin war drauf und dran, ihr zu Hilfe zu eilen, aber Sir Godfrey hielt ihn zurück.

»Immer mit der Ruhe. Ich bin mir sicher, die junge Dame kommt selbst zurecht. Wir sollten ab hier zu Fuß gehen. Bis die Droschke durchkommt, kann es eine Weile dauern.«

Sie bahnten sich einen Weg durch die Menge, dabei trafen sich für einen kurzen Moment Mollys und Benjamins Blicke. Dies lenkte sie kurz vom Streit ab.

»Da sag'ste nichts mehr, hä?« rief der Fuhrmann. »Sieh zu dass Du deinen Misthaufen von der Straße räumst, du kleines Biest! Und lass' verdammt nochmal mein Pferd los!«

»Erst wenn Du mir meine Fuhre und meinen Karren ersetzt, Du alter Halsabschneider! Ich habe hier mindestens zwanzig Zeugen, die gesehen haben, dass ich zuerst auf der Kreuzung war! Wäre einer der Gentlemen hier bereit, das vor Gericht zu bezeugen?«, fragte Molly selbstbewusst in die Runde, während sie das Zugpferd am Zaumzeug festhielt.

Sofort meldeten sich einige Herren aus der Zuschauerschaft. Der Fuhrmann war so erbost, dass er nun von seinem Kutschbock herab mit der Peitsche auf die Fischverkäuferin einschlagen wollte. Aber einige der jungen Männer kamen ihm zuvor und zogen ihn sogleich herunter. Sie malträtierten ihn mit Faustschlägen und Tritten, was wiederum andere Anwesende der Fuhrmannszunft veranlasste, ebenfalls in den Konflikt einzugreifen. Auch der Kutscher der Mietdroschke, der den Lord und seinen Sekretär befördert hatte, war dabei. In kürzester Zeit war eine heillose Schlägerei im Gange, die mehr und mehr um sich griff. Benjamin und Sir William mussten tatenlos zusehen, wie das Ganze mehr und mehr ausser Kontrolle geriet und suchten selbst ihr Heil in der Flucht. Waren sie zunächst noch fasziniert von der Dynamik der Ereignisse gewesen, so sahen sie sich selbst nun in Gefahr. Schnell verließen sie den Ort des Geschehens. Sir William musste Benjamin am Arm ziehen, da dieser immer noch zögerte.

Nach kurzer Zeit hatten sie den Club erreicht. Sie gaben Hut und Mantel am Eingang ab. Alle anderen Mitglieder des Herrenclubs waren bereits anwesend. Als

Sir William in den großen Salon eintrat, applaudierten alle erneut, viele klopften ihm auf die Schulter.

»Gentlemen, vielen Dank. Ich weiß das sehr zu schätzen«, sagte der Lord, als sich der Beifall gelegt hatte. »Ich danke Ihnen und freue mich, dass ich so vielen von Ihnen scheinbar aus dem Herzen gesprochen habe. Ich möchte nun mit Ihnen anstoßen. Meine Herren, auf den König, die Einheit Britanniens und eine glorreiche Zukunft!«

Alle erhoben ihr Glas und stimmten ein.

»Auf den König! Auf Lord William! Hurra! Hurra! Hurra!«

Als sich die überschwängliche Stimmung gelegt hatte, kam ein Bote herein und verkündete die Nachricht über einen Aufstand nur wenige Straßen weiter. Die Stadtwache sei aufgezogen und es habe viele Verletzte gegeben. Genaueres sei aber noch nicht bekannt.

Als man Sir William nach seiner Meinung wegen dieses Zwischenfalles fragte, sah er hilfesuchend Jenkins an. Dieser flüsterte ihm etwas zu.

»Meine Herren«, sagte Sir William sodann, »Man sollte die Dinge nicht bewerten, bevor man die Einzelheiten kennt! Womöglich handelt es sich um eine aus den Fugen geratene Schlägerei. Das ist alles schon passiert. Wir sollten abwarten und Tee trinken. Wer aber etwas für seine Nerven tun möchte, dem empfehle ich, den Tee mit etwas Brandy zu genießen!«

Allseits ertönte Gelächter. Was für ein kühler Kopf, dachten einige. Ruhig und kaltblütig. Der junge Politiker hatte an diesem Tag gezeigt, dass mit ihm zu rechnen war.

Zum Abend wurden Speisen aufgetragen und die Stimmung stieg mit jedem Glas. Die Herren hatten den ganzen Nachmittag lang debattiert und bei den ersten Whistpartien waren bereits einige größere Summen über den Tisch gegangen. Als nun das Dessert abgetragen war, fanden sich die Spieler erneut an den Tischen ein und begannen mit neuen Partien. Später am Abend kam dann die Nachricht, dass es sich tatsächlich bei dem vermeintlichen Aufstand lediglich um eine ausgeartete Schlägerei gehandelt hatte. Die Personen, die diese ausgelöst hatten, seien bereits in Gewahrsam und würden schon morgen dem Richter vorgeführt werden. Als Benjamin das hörte, erschrak er sehr und machte sich große Sorgen um Molly.

»Wie ich sagte, Gentlemen«, sagte Sir William Godfrey in die Runde, »eine entartete Schlägerei. Zugegeben, eine so große Massenschlägerei ist schon außergewöhnlich. Aber bei Leibe nichts Neues!« Die Herren pflichteten ihm bei. Was für ein kaltblütiger, schlauer Kopf. Ein Mann mit Zukunft.

Für den späteren Abend sei noch der Auftritt von einigen Tänzerinnen geplant, wie Benjamin hörte. Es wunderte ihn, war doch Frauen der Zutritt zu diesem Männerclub strengstens untersagt. Aber es handelte sich wohl um eine kulturelle Veranstaltung, und Benjamin freute sich darauf, auch hier teilhaben zu dürfen. Dennoch fühlte er sich in dieser Gesellschaft unwohl. Er hatte sich am Rande gehalten und höflich die eine oder andere Frage verschiedener Herren beantwortet. Meistens wollten die Gentlemen wissen, woher er kam, welche Schulbildung er genossen hatte, oder wie er in den Dienst des Lords gekommen sei. Sir William hatte Jenkins als seine »Entdeckung des Jahres« angepriesen, einen jungen Mann mit dem scharfen Verstand eines Seneca oder Cicero. Viel zu viele Vorschusslorbeeren, meinte Benjamin. Er mache nur seine Arbeit und versuche stets, sein Bestes zu geben. Die Herren nickten zustimmend, denn Bescheidenheit schien zu den genannten Tugenden hervorragend zu passen.

Sir William hingegen wähnte sich auf der Siegerstraße, gewann etliche Whistpartien und trank große Mengen Portwein. Benjamin versuchte, seinen Herren zum Aufbruch zu bewegen, aber dieser wies den Sekretär schroff ab und meinte, wenn er nach Hause gehen wolle, könne er dies gerne tun. Die ersten Herren begannen bereits, sich über den betrunkenen Lord lustig zu machen, was dieser jedoch gar nicht mitbekam.

Benjamin fürchtete, der schnell erworbene Ruhm dieses Tages könnte von einem über die Stränge schlagenden Godfrey ebenso schnell wieder zerstört werden.

Als der Lord schließlich über seine eigenen Füße stolperte und der Länge nach hinfiel, wußte sich Jenkins nicht anders zu helfen, als seinen Herrn anzusprechen als er ihm aufhelfen wollte.

»Ich glaube, es ist besser, wenn ich Sie jetzt nach Hause bringe, Sir.« flüsterte er ihm zu.

»Verschwinden Sie, Jenkins!«, fuhr ihn der Betrunkene an, »Was fällt Ihnen ein? Ich bin Sir William Godfrey, erster L-Lord von K-Kerry! Und wer bist Du, hä? Ein Diener! Schaut ihn Euch an! Diese Vogelscheuche will einem Lord befehlen! Hahaha!«

Nur wenige lachten noch mit, die meisten schwiegen betreten. Peinlich berührt half Benjamin seinem Herren dennoch auf die Beine. Dieser zupfte schwankend seine Kleider zurecht und stieß den Angestellten weg!«

»Hauen Sie ab, Mann! Ich brauche Sie heute nicht mehr, Jenkins! Verkriechen Sie sich wieder in Ihre Bücher!«

Und den Anwesenden rief er laut zu:

»Gentlemen, lassen wir die Lakaien gehen, dann sind wir unter uns!Und holt endlich diese weiber herein!«

Einige der ebenso betrunkenen Männer applaudierten und grölten. Jenkins war entsetzt, wie sich einige Mitglieder der sogenannten Upperclass verhielten. Er verabschiedete sich beschämt und machte sich auf den Heimweg.

4

Im Keller des Gefängnisses waren alle eingesperrt worden, die am Nachmittag bei der Massenschlägerei verhaftet worden waren. Es war ein großer Gewölberaum, der ursprünglich der Vorratshaltung gedient hatte. Etliche waren verletzt, hatten gebrochene Nasen oder Platzwunden. Die Stimmung war denkbar schlecht, es war kalt, feucht und roch faulig. Ein paar der jungen Männer hatten durch Bestechung Gin von den Wärtern erworben und tranken reihum aus einem Steinkrug den billigen Fusel. Man hatte die Streitparteien nicht getrennt, denn als das Militär mit aufgepflanztem Bajonett die Kreuzung geräumt hatte, waren die Menschen auseinander geströmt und nur die, die noch kämpften oder offensichtliche Kampfspuren aufwiesen, waren verhaftet worden. Bisher hatte niemand begonnen, irgendwen zu verhören. Am späten Nachmittag hatten die Behörden Ausgangssperren veranlasst, denn man war zunächst tatsächlich von einem Aufstand ausgegangen.

Die Auslöser des Konfliktes waren allerdings bekannt geworden. Der Fuhrmann Malcom O'Weery und die Fischhändlerin Molly Malone. Erster hatte Letztere angefahren, dabei waren ihre Ware und ihr Karren zu Bruch gegangen. Sie selbst war glücklicherweise unverletzt geblieben. Die jungen Kerle, die der hübschen Verkäuferin zu Hilfe gekommen waren, waren allesamt stadtbekannte Dandys, die keinen Grund zum Schlägern oder zur Trunkenheit ausließen. Einige davon kamen durchaus aus gutem Hause, waren aber ohne sinnvolle Beschäftigung und Zukunft.

Als nun Benjamin Jenkins gegen Mitternacht vom Club seines Dienstherren nach Hause ging, war alles wieder ruhig, nur die häufigen Wachposten der Armee zeugten von einer scheinbar angespannten Lage. Mehrfach wurde Benjamin kontrolliert, er konnte aber jedes mal glaubhaft machen, dass er zur Zeit des Aufruhrs mit seinem Herrn, dem Lord of Kerry, unterwegs gewesen war. Seinerseits erfuhr er von den Soldaten einige Einzelheiten über den Verlauf der nachmittäglichen Verhaftungsaktion und wußte so noch bevor er das Stadtpalais erreicht hatte, wo sich Molly nun aufhielt. Die ganze Nacht dachte er nach, wie er ihr helfen konnte. Was sie nun brauchte, war ein guter Rechtsbeistand. Denn auf das, was heute geschehen war, stand für die Verhafteten mindestens die Deportation in irgendeinen gottverlassenen Winkel des britischen Empires.

Am Morgen erwachte Benjamin spät und fühlte sich wie gerädert. Er wusch sich kalt ab und zog sich an. In der Schreibstube ließ er sich Tee servieren und fragte den Diener Hobbs, ob seine Lordschaft schon wach wäre. Hobbs' sauertöpfischen Mine war nicht anzumerken, was los war, aber als Jenkins ihn fragte, wann denn seine Lordschaft nach Hause gekommen sei, sagte Hobbs nur, dass dies bis jetzt nicht der Fall gewesen sei. Jenkins machte sich Sorgen. Hoffentlich war seinem Herrn nichts passiert. Denn vom Wohle des Lords hing auch seine Karriere ab.

»Lassen Sie mich wissen, wenn Sir William kommt, Hobbs. Ich muss seine Lordschaft dringend sprechen.«, sagte Benjamin zu dem Mann.

»Sehr wohl, Mister Jenkins«, antwortete Hobbs knapp und wandte sich zum Gehen.

»Und, Hobbs? Ist Sir William schon öfter nicht nach Hause gekommen?«, wollte der Sekretarius noch wissen.

»Ähem. Darüber habe ich nicht zu sprechen, Sir!«

»Verstehe, Hobbs, danke trotzdem.« Für einen Moment hielt Hobbs inne und zuckte mit den Augenbrauen. Dann ging er hinaus.

Also doch. Scheinbar gab es solche Eskapaden öfter. Hobbs war ganz offensichtlich angewiesen, mit niemanden darüber zu sprechen. Darum hatte Jenkins seinen Arbeitgeber häufig erst am Nachmittag gesehen. Aber der junge Mann verwarf diese Gedanken, schließlich konnte seine Lordschaft machen, wonach ihm der Sinn stand. Er besann sich auf sein viel größeres Problem, der Rettung von Miss Malone. Er war sich sicher, dass dies nur mit einem geschickten Rechtsanwalt zu bewerkstelligen wäre. War nicht einer der Herren gestern Abend der angesehene Anwalt Horatio Ryker gewesen? Jener, der ihn ziemlich lange ausgefragt hatte? Wenn er diesen nur kontaktieren könnte. Benjamin beschloss, ihm einen Brief zu schreiben. Dann musste er aber unbedingt eine Aufstellung seiner Beobachtungen und Einschätzungen der verschiedenen Herren von gestern Abend machen. Das war schließlich der Auftrag und Grund seiner Anwesenheit im Herrenclub gewesen. Benjamin wählte eine sehr kurze Form des Briefes, in dem er Ryker um eine Begutachtung einer Rechtslage bat. Dann schickte er nach Hobbs, der einen Boten zu dem Anwalt senden sollte. Dieser sollte auch die Antwort abwarten.

»Zu Horatio Ryker, Mister Jenkins? Sind Sie sicher?«

«Ja, Hobbs. Sind Sie jetzt auch noch verantwortlich für Rechtsangelegenheiten?«

Hobbs wurde rot.

»Nein, ich...meinte ja nur«, stammelte er.

»Nicht meinen, machen!«, sagte Jenkins in einem barschen Ton.

Benjamin sah Hobbs nach. War er zu harsch gewesen? Er kannte ihn kaum. Hobbs war schließlich der Kammerdiener des Lords. Es konnte gefährlich sein, ihn schlecht zu behandeln, denn Hobbs kannte Sir William sicher schon sehr lange. Er verwarf die Zweifel. Schließlich musste gehandelt werden. Benjamin zog ein frisches Blatt Papier hervor und begann eine Liste zu verfassen. Nacheinander sah er im Geiste alle Herren von gestern Abend an sich vorüberziehen, schrieb ihre Namen auf und alle Eigenschaften, die ihm zu dem jeweiligen Herren einfielen. Dabei versuchte er sachlich und genau zu beschreiben, was ihm aufgefallen war. Als er merkte, dass er keinerlei Unterscheidung wegen deren Herkunft gemacht hatte, erschrak er. Benjamin musste dringend eine zweite Liste erstellen, in der die Wichtigkeit der Personen beschrieben war. So hatte er Ryker als übergewichtigen Trinker beschrieben, der aber sehr freundlich und einfühlsam redete, dennoch vermutete man sofort eine gewisse Hintergründigkeit seiner Fragen. Das durfte niemals in falsche Hände gelangen. Auf manche seiner Beschreibungen stand der Kerker. Aber trotzdem, die Liste so zu erstellen, war für Benjamin einfach nur die Wahrheit seiner Wahrnehmung. Er beschloss, diese »scharfe« Liste nicht zu signieren und auch nicht zu den Unterlagen für Lord Godfrey zu geben. Vielmehr legte er sie zu seinen persönlichen Aufzeichungen.

Gegen Mittag kam bereits die Antwort des Anwalts. Er würde sich freuen, den jungen Mann noch heute zum Tee laden zu dürfen und bat um eine kurze Bestätigung. Jenkins dachte nach. Ohne das Wissen seines Dienstherren konnte er nicht aus dem Haus und mit einem Anwalt Kontakt aufnehmen. Was konnte er tun? Jenkins suchte in den Büchern und Unterlagen seines Vorgängers nach einem triftigen Grund, einen Anwalt zu konsultieren. Und tatsächlich, er fand eine Urkunde, die Sir William einen großen Verlust einbringen könnte: Eine Schenkung seines Vaters an eine gewisse Misses Harrington. Die Urkunde war von beiden unterzeichnet und notariell beglaubigt. Sie bezog sich auf die Hälfte des Stadtpalais.

»Hobbs?«, rief Benjamin. Schnell erschien der Diener.

»Ist seine Lordschaft mittlerweile nach Hause gekommen? Ich müsste Sir William dringend sprechen.«

»Ja, Sir. Er ist aber umgehend zu Bett gegangen. Er fühlt sich nicht wohl und möchte nicht gestört werden«

»Hm. Sagt Ihnen der Name Harrington etwas, Mr. Hobbs?«

»Wenn Sie Amanda Harrington meinen, ja, natürlich. Sie war eine bekannte Theaterschauspielerin. Sie ist aber seit vielen Jahren nicht mehr aufgetreten. Ich kann Ihnen nicht einmal sagen, ob die Dame noch lebt.

»Aha, vielen Dank, Hobbs«, sagte Benjamin.

Dann stand er auf und ging zur Tür.

»Äh, was haben Sie vor, Mr. Jenkins? Ich sagte doch, dass seine Lordschaft auf keinen Fall gestört werden will!«

»Ich weiß, Hobbs. Aber es gibt wichtigere Dinge als den Schlaf des Lords!«, entgegnete Jenkins und ging in den ersten Stock, wo sich das Schlafzimmer des Lords befand.

Hobbs lief ihm hinterher, blieb aber mitten im Flur stehen.

»Das glaube ich nicht, Mister.«, murmelte er und zuckte mit den Schultern.

Jenkins fasste sich ein Herz und klopfte an die Tür des Herrenzimmers.

»Sir, ich benötige dringend Ihre Hilfe. Es gibt ein Problem!«

Aus dem Zimmer drang zunächst kein Laut. Der Sekretär klopfte erneut, diesmal vehementer.

»Hoooobbs!«, brüllte es aus dem Zimmer, »verdammt, ich sagte doch, ich will nicht gestört werden!«

Benjamin öffnete die Türe und sah Lord Godfrey im Bett liegen. Neben ihm zeichnete sich der Körper einer weiteren Person unter dem Bettlaken ab.

»Sir, ich äh, entschuldigen Sie, ich ...«, stammelte Benjamin.

»Jenkins! Sind sie wahnsinnig? Was fällt Ihnen ein? Ich lasse Sie auspeitschen, bei Gott!«, schrie der Lord, »Raus! Verdammt noch eins!«

Jenkins machte kehrt, fasste dann aber neuen Mut.

»Sir! Es geht um ein großes Problem. Ich würde es sonst nicht wagen...«

Unter der Decke regte sich die zweite Person. Eine Frauenstimme murmelte schlaftrunken:

»Was ist denn los, Darling?«

»Schlaf' weiter, Süße. Ich muss etwas erledigen.«, sagte Sir William sanft.

»Na gut, ich komme. Warten Sie unten!«, befahl er Jenkins.

Etwas später stand der Lord in Unterhosen und in

eine Decke gehüllt im Arbeitszimmer.

»Wenn Sie jetzt keinen triftigen Grund haben...«, sagte er.

»Entschuldigen Sie nochmals, Sir, ich wußte nicht, dass Lady Godfrey angekommen ist. Hobbs hat mir nichts davon gesagt. Ich hätte sonst...«

»Lassen wir das. Was ist denn nun so dringend?«

Benjamin zeigte dem Lord das Schriftstück. Dieser las es durch und runzelte die Stirn.

»Dieser alte Hurenbock!«, sagte er, »Hat er doch seiner Mätresse tatsächlich das halbe Haus überschrieben. Ich muss sofort etwas tun.«

»Wie wäre es, wenn man umgehend einen guten Anwalt konsultieren würde? Ich denke da an Mr. Horatio Ryker«, sagte Benjamin Jenkins.

Godfrey sah Jenkins scharf an.

»Den alten Halsabschneider? Ich hab' gestern noch ein Vermögen an ihn beim Whist verloren. Hätte wohl doch besser mit Ihnen nach Hause gehen sollen. Wobei... Halten Sie den Mann für geeignet?«

»Er hat einen vortrefflichen Ruf als Anwalt, Sir. Und ich konnte gestern ein paar Worte mit ihm wechseln. Einen besseren finden wir hier in Dublin nicht.«

Godfrey legte die Stirn in Falten.

»Also gut. Kontaktieren Sie ihn. Aber fallen Sie nicht

mit der Tür ins Haus. Er muss zunächst nicht so genau wissen, dass es sich um mich handelt. Konsultieren Sie ihn wegen einer theoretischen Frage.«

»Ich verstehe, Sir. Ich besuche den Mann noch heute.«

»Ryker? Das will ich sehen! Sie werden ihn schon erst um einen Termin bitten müssen. Der Mann gilt als vielbeschäftigt. Es kann Tage dauern, bis Sie an ihn herankommen«, sagte der Lord herausfordernd.

»Ich tue mein Bestes, Sir!«, gab Benjamin zurück.

Godfrey sah ihn skeptisch an, grinste dann und ging. Sollte der junge Geck doch ruhig mal auf die Nase fallen.

»Ach, übrigens, Hobbs!«, rief er draußen, »Wenn uns nochmal jemand stört, lasse ich Sie auspeitschen!«

5

Benjamin Jenkins, der Sekretär Lord William Godfreys saß im vornehmen Salon der Kanzlei von Horatio Ryker, dem angesehensten Anwalt von Dublin. In allen Rechtsfragen konsultierte die feine Gesellschaft und die gehobene Bürgerschicht den Mann, den man auf der Straße eher für einen kleinen, dicklichen, alten Tatterich gehalten hätte. Noch war er nicht erschienen. Ein Diener hatte Benjamin einen Tee aufgegossen, dazu gab es Biskuits. Die Möbel des ganz mit Eichenholz getäfelten Salons, in dem Benjamin warten sollte, waren gemütlich, mit kostbarem Stoffen bezogen und vermutlich aus Frankreich oder Italien importiert. Nur in den feinsten Kreisen konnte man sich solch eine Einrichtung leisten. Nach nur wenigen Minuten erschien der Anwalt im Zimmer. Er trug eine etwas schief sitzende graue Perücke und hatte eine Drahtgestellbrille auf der Nase. Seine Kleidung war schlicht, saß aber perfekt.

»Bitte, behalten Sie Platz, Mister Jenkins!«, sagte er freundlich, »Wie ich sehe, haben Sie schon etwas Tee bekommen. Sehr gut! Ich freue mich, dass Sie den Weg zu mir gefunden haben, junger Freund.«, begrüßte er den jungen Helfer des Lords of Kerry freundlich und gab ihm sogleich das Gefühl, es sei nicht für ihn eine Ehre, dass er einen Termin mit Ryker bekommen hatte, sondern, dass sich Ryker geehrt fühlen müsse, von dem jungen Mann besucht zu werden.

Benjamin vermutete natürlich, dass dies eine Taktik des Anwaltes war, und versicherte, keine unnötige Minute der kostbaren Zeit Rykers verschwenden zu wollen. Er wolle gleich zum Punkt kommen.

Aber Horatio Ryker setzte sich gelassen in den Sessel gegenüber, bat Benjamin sich ebenfalls wieder zu setzen und begann, nachdem er noch mehr Tee geordert hatte, über das Wetter und seine Schwäche für Butterbiskuits zu sprechen.

Benjamin Jenkins war verwirrt. War er doch nicht gekommen, um mit dem Mann über Butterzeug und den kühlen Dubliner Novemberregen zu reden.

Irgendwann hielt Ryker inne und lächelte.

»Oh, ich sehe, ich langweile Sie, Mister Jenkins. Das war sehr unhöflich von mir. Verzeihen Sie einem alten Mann seine Schwatzhaftigkeit. Ich möchte nun zu Ihrem Anliegen kommen. Oder sind es mehrere?«

Benjamin erschrak. Woher wußte dieser Mann, dass er nicht nur eine Angelegenheit zu besprechen hatte?

»Äh, ja, Sir, vielen Dank. Es geht um einen Vertrag, oder vielmehr um eine Urkunde. Ich habe hier eine Abschrift. Ich habe, mit Verlaub, die Passagen ausgelassen, die Hinweise auf die Personen geben, die dieses Schriftstück betrifft. Auch das Objekt, um das es geht, wurde von mir unkenntlich gemacht. Ich möchte möglichst diskret, äh, die Möglichkeiten eines, äh, Umganges mit dem Originaldokument prüfen lassen.«

»Geben Sie her!«, Ryker fuchtelte mit seinen kurzen Armen in der Luft, als wolle er das Papier fangen. Benjamin stand auf und überreichte das Schriftstück. Der Anwalt schob seine Brille zurecht und las. Dabei brummte er, als suche er die Melodie des Textes.

Dann legte er das Blatt aus der Hand und sah Jenkins an.

»Und? Was haben Sie noch?«, fragte er.

»Ja, äh, das andere betrifft eine junge Dame...ich, äh...«, stammelte Benjamin.

»Ah, so. Na gut, das erledigen wir später. Also, vorab: Ich kenne das Original dieses Schriftstückes.«

»Sir?«, entfuhr es Benjamin, »Sind Sie sicher?«

»Wie? Selbstverständlich! Ich weiß doch, was ich geschrieben habe. Auch wenn es schon fast zwanzig Jahre her ist«, gab Ryker zurück.

»Sir, ich... dann kennen Sie die Personen, die darin erwähnt sind?«

»Aber natürlich. Allerdings, ich kannte sie. Beide sind bereits verstorben. Der Vertrag wurde nie rechtskräftig. Die Dame verstarb vor dem Lord. Sie war zwar um einiges jünger, pflegte aber einen etwas, sagen wir, unkonventionellen Lebensstil.«

»Dann kann man das Dokument also getrost vernichten?«, fragte Benjamin erleichtert.

»Nun, davon rate ich ab. Man sollte schon eventuelle Erbansprüche prüfen. Es soll da ein Kind gegeben haben. Ein Mädchen. Es müsste ihr Alter haben, so in etwa. Und es gab eine zweite Ausfertigung des Vertrages, den ebenfalls beide Parteien unterschrieben haben«, gab Horatio zu bedenken.

»Man müsste also diese Frau ausfindig machen. Das wird schwierig werden. Nach meinen Informationen war die Mutter eine Schauspielerin. Man müsste prüfen, wo sie zuletzt aufgetreten ist und ob jemand ihr nahestand.«

»Das ist doch eine wunderbare Detektivarbeit, Mister Jenkins. Ich wollte, ich wäre jünger, dann wäre ich gerne dabei!«, grinste der alte Anwalt, »Aber nun zu ihnen, junger Freund. Was ist das für eine Geschichte mit diesem Mädchen?«

»Nun, Sir, es ist äußerst dringend! Sie schwebt in größter Gefahr!«, sagte Benjamin aufgeregt, der nun zum eigentlichen Grund seines Besuches kam.

»Ach, ja. Die Jugend. Immer ist alles dringend und es geht um Leben und Tod. Also gut, schießen Sie los!«

Benjamin erzählte von den Verhaftungen bei der Massenschlägerei, und dass die Fischhändlerin Molly Malone als eine der Auslöserinnen dieses Konfliktes, der in manchen Kreisen als Aufstand bezeichnet wurde, im Mittelpunkt der Ermittlungen stand und ihr womöglich der Prozess deswegen gemacht würde. Ryker hörte interessiert zu und verzog keine Mine.

»Und Sie haben die Sache von weitem beobachtet? Nun, junger Freund, dann sollten wir in der Tat keine Zeit verlieren. Ziehen Sie sich an, wir machen uns sofort auf den Weg!«

Benjamin sprang auf und bedankte sich überschwänglich bei dem Anwalt. Dieser hob allerdings die Hand und bremste die Euphorie des Jungen.

»Immer mit der Ruhe, junger Freund. Es stehen scheinbar schwerste Vorwürfe im Raum. Womöglich möchte man ein Exempel statuieren. Miss Malone droht die Deportation oder gar der Strick. Ich muss umgehend alle Hebel in Bewegung setzen, um die Dame beim Prozess vertreten zu können.«

»Äh, Sir, ich habe noch eine Frage, bevor Sie tätig werden«, sagte der junge Sekretär zögerlich.

»Immer heraus, mein Freund. Sagen Sie jetzt aber nicht, dass Sie mit der Dame ein Verhältnis haben!«

»Sir? Nein, natürlich nicht! Es ist nur, ich kann Sie nicht bezahlen«, sagte Benjamin kleinlaut.

Der Anwalt grinste.

»Das besprechen wir später, Mister Jenkins. Jetzt müssen wir erst einmal eine junge Dame retten!«

6

»Mister Harper, Mylady!«, sagte James, der erste Diener in Fillbington House, dem Landsitz der Godfreys, als er den Besuch ankündigte. Lady Godfrey, die sich gerade zum Tee in den großen Salon begeben hatte, war nicht gerade amüsiert, dass der Verwalter sie zu dieser Stunde aufsuchte. Zwischen vier und fünf Uhr nachmittags pflegte sie eine Stunde der Ruhe und des Lesens von erbaulicher Literatur bei einer guten Tasse Tee. Ab und an empfing sie eine Freundin zu dieser Stunde, was aber zumeist dem Mittwoch vorbehalten war. Auch in ihrem Privatleben schätzte Lady Agatha Godfrey eine durchorganisierte Struktur, von der sie höchst ungern abwich. Aber da der neue Verwalter bisher gut arbeitete und es keine Beanstandungen oder Beschwerden gab, wollte sie den Mann, der zudem sehr gut aussah, nicht unnötig schikanieren. Dennoch hatte sie sich vorgenommen, ihn darauf hinzuweisen, dass diese Stunde ihre persönliche Freizeit war, in der er sie in Zukunft nicht mehr stören möge.

Harper trat ein und begrüßte die Lady formvollendet. Er machte ihr zunächst Komplimente und bedankte sich, dass sie ihn zu dieser Stunde empfange. Somit war Lady Agathas Plan, den Mann erst einmal zurechtzuweisen, dahin.

»Nun, Mister Harper, was kann ich für Sie tun? Es scheint sich ja um eine dringende Angelegenheit zu handeln.«

»In der Tat, Mylady. Ich habe soeben einen Brief erhalten, der brisante Neuigkeiten bringt. Eigentlich müsste ich mich damit an Lord Godfrey wenden, aber es wird wohl zu lange dauern, bis ich ihn benachrichtigen kann.«

»Brisante Neuigkeiten? Was soll das sein? Sind die Franzosen gelandet oder gibt es einen Aufstand? Ich kann mir beim besten Willen keine Neuigkeit denken, die man nicht in aller Ruhe besprechen könnte und gegebenenfalls per Boten mit meinem Mann klärt, Mister Harper.«

»Nun, es sei denn, die Neuigkeit betrifft auch Sie, Mylady.«

»Mich? Was soll das sein? Sie machen mich neugierig, Mister Harper.«

»Ich bin mir nicht sicher, ob Sie mich richtig verstehen. Ich möchte Ihnen zunächst meine absolute Loyalität bekunden.«

»Nicht so theatralisch, Mister Harper. Was ist los?«, sagte Lady Godfrey.

»Ich habe ein Schreiben erhalten, dass einen Teil des Vermögens und der Besitzungen Ihrer Lordschaften betrifft.«

»Was? Wie meine Sie das?«

»Genau gesagt, die Hälfte des Stadtpalais in Dublin und dazu ein Unterhalt für eine Person rückwirkend für die letzten zwanzig Jahre.«

»Das ist doch ein Scherz, Harper. Und ein schlechter noch dazu!«, entgegnete Lady Godfrey überrascht.

»Leider nein. Es scheint eine Abtretungsurkunde zu geben. Der Inhaber der Urkunde hat sich gemeldet und fordert sofort sein Recht ein. Es sei denn...«

»Was?«

»Es sei denn, er wird ausbezahlt. Eine Summe wird in dem Schreiben ebenfalls genannt. Bei Verzögerung droht der Verfasser mit Klage und Veröffentlichung gewisser Umstände, unter welchen die Urkunde entstand«, sagte Harper weiter, »Ich habe hier das Schreiben. Es stammt von einer Londoner Kanzlei. Scheinbar hat sich der Inhaber rechtlich bereits beraten und absichern lassen.«

»Das ist Erpressung. Ich muss sofort meinen Mann informieren!«

»Das dachte ich auch zunächst. Aber der Kläger hat mich angeschrieben und fordert mich auf, zunächst nur Sie, Mylady, zu informieren. Zudem setzt er eine Frist von einem Monat, in der zu zahlen ist.«

Harper überreichte Lady Godfrey das Schreiben. Die Summe war hoch, aber nicht astronomisch. Doch die Forderung war unverschämt.

»Das ist doch die Höhe. Welche Umstände? Ich bin mir keines Vorkommnisses in unserer oder der Familie meines Gatten bewusst, welches einen Skandal auslösen könnte, der eine solche Zahlung rechtfertigen könnte!«

Dann kann es sich nur um ein uneheliches Kind handeln, dachte sich die Lady. Aber vor zwanzig Jahren? Womöglich von Williams Vater. Es gab also einen Halbbruder oder eine Halbschwester? Wenn es aber eine Forderung gab, so musste der alte Lord das Kind anerkannt haben. Doch ohne eine Abfindung oder ein monatliches Salär gegen Verzicht auf Ansprüche, wie so etwas normalerweise geregelt wurde. Konnte das sein?

»Ich muss nachdenken, Mister Harper. Lassen Sie mich bitte alleine. Trotz allem werde ich umgehend meinen Mann informieren. Das hier ein Betrugsversuch vorliegt, ist durchaus möglich. Ich danke Ihnen. Bitte behalten Sie Stillschweigen über unser Gespräch.«

»Selbstverständlich, Mylady. Sie können sich auf mich verlassen!«, antwortete Harper und verließ die Gattin des Lords.

Lady Agatha las das Schreiben noch einige Male durch. Kein Zweifel, das Briefpapier und das Siegel waren von einer Londoner Anwaltskanzlei. So etwas nachzumachen oder zu fälschen war höchst strafbar. Man musste von der Echtheit des Dokumentes ausgehen. Sollte diese Sache an die Öffentlichkeit gelangen, wäre es mit der angestrebten und gerade erst begonnenen politischen Karriere ihres Mannes vorbei. Sicher, man würde weiterhin in Amt und Würden bleiben, auch alle Annehmlichkeiten des Reichtums würden Bestand haben. Dennoch war die Gefahr eines gesellschaftlichen Abstiegs groß, es wäre nicht absehbar, wie sich ein solcher Skandal auf die Zukunft der Kinder auswirken könnte, schließlich wären die drei Töchter nur schwer vermittelbar, wenn eine gesellschaftliche Ächtung des Großvaters im Raum stand. Auch wenn diese sozusagen posthum stattfinden würde. So etwas musste um jeden Preis vermieden werden. Sofort beendete Lady Godfrey ihre Teepause und machte sich daran, ihren Mann in Dublin über die Ereignisse in Kenntnis zu setzen. Noch heute wollte sie einen Boten losschicken, der notfalls die ganze Nacht hindurch reiten sollte. Dann wäre die Nachricht bis übermorgen Abend in Dublin. Es war immerhin eine Strecke von 180 Meilen. Sie brauchte einen Mann, der dies machte, auch wenn das Pferd dabei zu Grunde ging. Harper? Nein, der musste hier bleiben und konnte unmöglich vier oder gar fünf Tage weg. James, der Diener war zwar sehr zuverlässig, aber viel zu alt. Ausserdem wußte sie nicht einmal, ob er reiten konnte. Es wurde ihr klar, dass sie niemanden hier kannte, dem sie mit so einer heiklen Mission betrauen konnte. Der Mann musste sehr kräftig, loyal und zuverlässig sein. Wer konnte ihr da helfen? Leider war Harpers Vorgänger, Fowler, den sie immer Williams Hund genannt hatte, im letzten Jahr getötet worden. Für ihn wäre es eine Herausforderung gewesen, ohne Rücksicht auf das Pferd oder anderes die Botschaft an seinen Herrn zu überbringen. Er war Lord Godfrey treu ergeben gewesen. Statt dessen hatte William jetzt immer diesen jungen Burschen Jenkins dabei, der nicht einmal ordentlich reiten konnte. Wie dem auch sei, sie kam zu keinem Ergebnis. Zuviel stand auf dem Spiel. So blieb ihr nur eines: Sie musste selbst nach Dublin.

»James! Kommen Sie her. Sofort!«, rief sie in die

Halle.

»Mylady haben gerufen?«, sagte James, der schnell angelaufen kam.

»Dämliche Frage, James! Lassen Sie anspannen. Mary soll meine Koffer packen. Ich reise noch in dieser Stunde ab!«

James stand da wie vom Donner gerührt. »Mylady? Aber, wohin? Und warum?«

»Muss ich einem Lakaien Auskunft geben? Tu er, was ihm befohlen wird!«, sagte sie barsch.

»Jawohl, Mylady. Wie Mylady wünschen!«, sagte der Diener und machte eine Verbeugung. Dann lief er schnell, um die Befehle seiner Herrin auszuführen.

Es gab nun soviel zu veranlassen, dass die folgende Stunde wie im Flug verging. Plötzlich merkte Lady Godfrey, dass es schon dunkel wurde und sie heute nicht mehr weit kommen würde. Ihr Kutscher versicherte, er könne wohl heute noch 15 Meilen bis an die Wegkreuzung in Listowel schaffen. Bis dorthin seien die Wege gut. Dann würde es aber zu spät, um weiterzufahren. Dennoch könne man morgen Mittag in Limerick sein, und bis zum Abend auf halbem Weg nach Dublin. Er empfahl aber, noch zwei bewaffnete Männer mitzunehmen. Als Harper von dem Vorhaben hörte, protestierte er gegen diese Reise. Da Lady Godfrey jedoch insistierte, bot er an, zumindest bis zum Gasthaus in Listowel mitzureiten, damit Ihr nichts geschehe. Lady Godfrey nahm zuerst zögerlich, dann jedoch dankbar an, hatte sie nun doch etwas Angst vor der eigenen Courage bekommen. Kurz nach Einbruch der Dunkelheit fuhr der zweispännige Wagen los, die Kinder waren in Obhut der Gouvernante und des Kindermädchens zurückgeblieben. Seit mehr als zwei Jahren war Lady Agatha nicht mehr in der Hauptstadt gewesen. Dass sie nun unter solchen Umständen zurückkehren würde, hatte sie nicht erwartet.

7

Die beiden jungen Aristokraten warteten nun schon zwei Stunden vor dem Courtyard von Dublin, dem Gerichtsgebäude der Hauptstadt auf eine Auskunft über die Fischhändlerin Molly.

»Ich wette zehn zu eins, dass sie sie hängen. Was meinst Du, Alec?«, sagte der eine.

»Ich hoffe nicht. Schließlich soll sie überhaupt keine Schuld treffen. Nur weil sie zum falschen Zeitpunkt am falschen Ort war? Das ist doch himmelschreiendes Unrecht!«

»Was nun? Hältst Du dagegen?«

Da sahen sie einen kleinen, gut gekleideten Mann in Begleitung eines schwarz angezogenen, hageren, jungen Mannes die Treppen zum Haupteingang hinauflaufen. Die beiden hatten es sehr eilig.

»Das soll der Anwalt der Malone sein«, raunte einer der Schaulustigen den beiden Adeligen zu.

»Zehn zu eins! Gilt!«, sagte Alec zu seinem Freund.

»Halt, halt! Wer war das?«

»Das war Horatio Ryker. Der genialste Winkeladvokat der Stadt. Ich freue mich schon jetzt auf mein nächstes Muschelgericht!«

»Warum denn das?«

»Die Dame ist so gut wie freigesprochen! Vorausgesetzt natürlich, Ryker vertritt sie.«

»Und der junge Mann, der ihn begleitete? Wer war das?«

»Keine Ahnung, vielleicht sein Assistent?«

8

»Mister Ryker. Wollen Sie die Dame nicht erst einmal fragen, ob sie überhaupt von Ihnen vertreten werden will? Sie hat doch gar nicht die Mittel...«, sagte Richter Duncan, zu dem Horatio Ryker gleich nach Betreten des Gerichtsgebäudes gegangen war.

»Papperlapapp. Sie kennen mich, Euer Ehren. Ich bin ein treuer Untertan seiner Majestät, König Georgs. Ich hatte, wie Sie sicher wissen, bereits die außerordentliche Ehre seine Majestät sprechen und beraten zu dürfen.«

»Ja, ja, das wissen wir alle«, gab der Richter etwas genervt zurück, »das haben Sie mir schon ein dutzend Mal unter die Nase gerieben. Aber was hat das nun mit diesem Fall zu tun, Sir? Hier geht es um Anstiftung zum Aufruhr!«

»Mein Lieber, Sie verkennen die Lage. Es ging um die Ehre und Rechtschaffenheit einer jungen Dame. Was würden Sie sagen, wenn die Justiz ihre Handlungsfähigkeit verlöre? Was, wenn nicht Sie als Richter, sondern jeder dahergelaufene Kutscher Recht spräche und auch gleich für den Vollzug der Strafe sorgte? Wäre das nicht eine unverzeihbare Anmaßung und Selbstjustiz? Ich bin ein gesetzestreuer Mann, Sir. Aber wenn ich mir anmaßen würde, Recht sprechen zu wollen, dann wäre es damit vorbei. Und wenn ich dann das von mir gesprochene Recht auch noch vollstrecken würde, so wäre ich Richter und Henker in einer Person. Ich sage, solch ein Verhalten, Sir, bei allem Respekt, ist pure Gotteslästerung!«

»Mäßigen Sie ihre Worte, Mister Ryker! Sie übertreiben. Wiederholen sie so etwas nicht vor Gericht. Das ist hier in diesem Land politischer Sprengstoff! Gotteslästerung. Sind Sie wahnsinnig? Sie machen diese kleine Fischhändlerin noch zur Heiligen!«

»Im Gegenteil. Mit einem Freispruch beenden Sie die ganze Sache. Wird die junge Frau verurteilt, machen Sie sie zur Märtyrerin. Ganz gleich, ob Sie deportiert wird oder gehängt!«

»Mister Ryker! Jetzt ist aber genug. Vielleicht sprechen Sie sie erst einmal selbst. Sie hat nämlich zugegeben, den Kutscher verwünscht zu haben. Er seinerseits hat sie der Hexerei bezichtigt.«

»Hexerei? Kommen Sie, Euer Ehren. Das darf doch

nicht wahr sein. Wir leben doch nicht im Mittelalter. Sie wollen einen Hexenprozess anstrengen, weil ein besoffener Kutscher eine Frau angefahren hat und die soll nun selbst Schuld sein, weil sie den Mann verhext hat?« Ryker lachte laut. Der Richter sah ihn streng über seine Brille an, musste dann aber auch mitlachen. Ryker stieß Benjamin in die Seite und nickte ihm zu, er solle auch lachen. Schließlich beruhigten sich die Männer wieder und der Richter putzte sich die Nase. Auch Ryker schnäuzte sich in ein buntes Schnupftuch, zog eine Tabaksdose aus der Tasche und reichte sie dem Richter. Dieser nahm eine gehörige Portion Schnupftabak und zog sie sich in beide Nasenlöcher. Dies führte wiederum zu einer herzhaften Nieser des Richters.

»Sagen Sie mal, Mister Ryker, wen haben Sie denn da mitgebracht? Mir scheint, ich habe diesen jungen Mann schon einmal gesehen«, sagte er nachdem er sich erneut die Nase geputzt hatte.

»Oh, entschuldigen Sie, Sir. Darf ich vorstellen: Benjamin Jenkins. Der Sekretarius von Lord William Godfrey.«

»Ah, ja. Ich erinnere mich. Waren Sie nicht gestern im Club? Also, die Rede von Sir Godfrey im Parlament, ich muss schon sagen. Und vor allem wie aus dem Nichts. Wo hat der Mann auf einmal so reden gelernt? Oder steckt da der neue Sekretär dahinter?«

»Zu Ihren Diensten, Sir«, sagte Benjamin und machte eine höfische Verbeugung.

»Was nun, haben Sie die Rede verfasst, hm?«, bohrte der Richter.

»Einspruch, Euer Ehren!«, sagte Ryker, »der Mann steht nicht unter Verdacht!« Wieder lachten die beiden Herren. Benjamin sah etwas bedröppelt drein.

»Schon gut, schon gut. Lassen wir unseren jungen Helden in Ruhe. Was ist denn nun der Grund, dass Sie dabei sind, Jenkins?«, wollte der Richter wissen.

»Ich, äh, ich möchte Miss Malone helfen.« Der Richter sah ihn über seine Brille an.

»Wenigstens ist er ehrlich, Mister Ryker!«, und zu Benjamin meinte er: »Nun, wenn das so ist, schlage ich vor, Sie sprechen mit ihr. Wenn sie sich beruhigt hat, und wir endlich ein vernünftiges Gespräch mit ihr führen können, ist die Sache vielleicht bis morgen vom Tisch. Ihr bisheriges Verhalten kann man nur als aufrührerisch bezeichnen.«

Benjamin und der Anwalt Horatio Ryker wurden zu den Zellen geführt. Die beiden Wärter grinsten zahnlos, als sie die Türe zu Mollys Zelle aufschlossen.

»Hallo, mein Täubchen. Hier sind zwei Gentlemen, die Dich sprechen möchten. Mit uns redest Du ja nich'«, sagte der eine, nachdem er geöffnet hatte. Die beiden lachten unverhohlen.

»Danke, meine Herren. Sie können hinter uns ab-schließen«, sagte Ryker.

Er blieb hinter der Türe stehen und sah durch die offene Speiseluke des Verschlages, bis der Wärter auch diese von außen schloss.

»Miss Malone, ich grüße Sie. Darf ich mich vorstel-len? Mein Name ist Horatio Ryker, ich bin Anwalt. Das hier ist Mister Benjamin Jenkins, er hat mich auf ihre Lage aufmerksam gemacht. Wir sind hier, um sie aus diesem Gefängnis zu holen und die Vorwürfe gegen Sie zu entkräften.«

»Ich habe keinen Anwalt bestellt und kann Sie auch nicht bezahlen, Sir«, sagte Molly mit ihrer sanften Stimme. Benjamin wurde sogleich warm ums Herz. Auch Horatio Ryker bemerkte die außergewöhnliche Wirkung dieses Klanges.

»Machen Sie sich darum bitte keine Sorgen. Sie ha-ben eine sehr schöne Stimme, Miss Malone. Singen sie gerne?«, fragte er.

»Oh ja, Sir. Das habe ich wohl von meiner Mutter.«

»Nun, das müssen Sie mir bei Gelegenheit einmal erzählen. Aber nun der Reihe nach. Was ist denn genau passiert?«, fragte der Anwalt und zog einen Zettel und einen Kohlestift hervor.

Nach etwa einer halben Stunde waren sie mit der Vernehmung fertig. Sie klopften an die Zellentür und ließen aufsperren. Zum Abschied sah Molly Benjamin in die Augen.

»Sir, täusche ich mich, oder kennen wir uns?«

»Ich hatte bereits die Ehre, bei Ihnen einkaufen zu dürfen, darum bin ich nun hier. Ich möchte, dass Sie wieder frei kommen.«

»Aha. Nur deswegen?«, fragte Molly.

»Wir müssen nun leider gehen. Sie hören von uns. Seien Sie zuversichtlich, Sie haben nichts zu befürchten.«, mischte sich Ryker ein und zog Benjamin weiter.

Draussen konnte sich Ryker nicht mehr zurückhalten.

»Ich hatte die Ehre bei ihnen einzukaufen! Darum bin ich nun hier! Hat man so was schon gehört! Sie hätten sich sehen sollen. Jetzt weiß ich, warum man auf das »Verhexen« kam. Sie hat eine unheimliche Anziehungskraft auf Männer. Besonders natürlich auf junge. Ich bin zum Glück dagegen..., gefeit.«

»Wieso? Mögen Sie sie nicht?«, fragte Benjamin etwas konsterniert.

»Was ist das denn für eine Frage? Einen Klienten hat man nicht zu mögen. Man hat ihn zu vertreten!«

9

Die Kutsche rumpelte durch die Nacht. Noch kannte der Kutscher den Weg und sie konnten einigermaßen schnell vorankommen, aber schon bald würde er nicht mehr wagen, schneller als im Schritttempo zu fahren. Zu groß wäre die Gefahr, ein Rad oder gar eine Achse zu beschädigen. Auch hätte ein Fehltritt eines der beiden Pferde eine längere Unterbrechung der Reise zur Folge gehabt. So war dieser Aufbruch eigentlich unsinnig gewesen, denn die vier Stunden langsame Fahrt hätte man durch einen frühmorgendlichen Start am nächsten Tag mit einer höheren Reisegeschwindigkeit bei Tageslicht größtenteils wettgemacht. Aber Lady Godfrey hatte keinen Aufschub geduldet und alle Bedenken ihres Verwalters Harper und des Kutschers einfach beiseite gewischt. Allerdings wurde sie in den ersten Stunden der Reise so durchgeschüttelt, dass sie ihre Entscheidung bald bereute. Dennoch würde sie vor ihren Untergebenen niemals zugeben, dass sie einen

Fehler gemacht hatte.

Etwa um 10 Uhr abends erreichten sie die Wegkreuzung von Listowel. Harper ging in das Gasthaus dort und traf dort nur ein paar ziemlich betrunkene Gäste und einen Wirt, der scheinbar selbst dafür gesorgt hatte, dass der Umsatz an diesem Abend ein gewisses Maß erreicht hatte.

»Wir ham' schon geschlossen, Mister. Heut' gibt's nix mehr!«, sagte der Wirt etwas laut und lallend. Er hielt sich am Tresen fest und stierte Harper an.

»Wirt, ich brauche eine Unterkunft für meine Herrin, Lady Godfrey. Die Lady bleibt nur bis morgen früh und reist dann weiter. Geben Sie mir Ihr bestes Zimmer. Für den Kutscher tut es ein Platz im Stroh bei den Pferden!«, befahl der Verwalter.

Der Wirt zuckte etwas zusammen.

»Wir ham' heute nich' mehr mit Gästen gerechnet, Sir. Eigentlich passt das grad gar nich'«, stammelte er.

»Beeilen Sie sich, wecken Sie ihr Gesinde, oder wer sonst für sie arbeitet. Die Lady wartet solange in der Kutsche. Und entfernen Sie dieses Pack. Oder soll ich den Sheriff bemühen, hier einmal nachzuprüfen, ob alles hier mit rechten Dingen zugeht? Sie wissen, einem Lord oder einer Lady Gehorsam zu verweigern, heißt seinem König die Treue zu versagen. Wollen Sie das?«

Der Wirt schaute finster. Dann aber zuckte er mit den Schultern und rief die Anwesenden zum Gehen auf. Er wankte durch eine Türe in einen hinteren Raum und schrie nach seiner Magd. Diese kam nach einiger Zeit in einem schmutzigen Nachthemd angelaufen.

»Was ist denn passiert, Sir? Sie sagten doch, dass ich schlafen gehen könne.« fragte sie schlaftrunken.

Aber der Wirt ging gar nicht darauf ein.

»Los, weck' alle auf. Und dann mach das gute Zimmer fertig. Du hast fünf Minuten!«

»Aber wieso...«, wollte das Mädchen fragen, aber der Wirt gab ihr sofort eine deftige Ohrfeige. Harper war entsetzt und wollte eingreifen, hielt sich aber dann zurück. Wenn ein anderer Mann seine Bediensteten schlug, ging ihn das nichts an.

»Los, du faules Stück! Oder soll ich Dir Beine machen? Ich hab' jetzt keine Zeit, Dir Gehorsam einzuprügeln. Also streng Dich an, oder Du kannst was erleben!«, sagte der Wirt, der dazu drohend seine Hand erhoben hatte.

Nach wenigen Minuten war die Herberge zu einer Geschäftigkeit erwacht, die Harper in Erstaunen versetzte. Das Feuer war erneut entfacht worden, Lampen angezündet, die Tische abgetragen und abgewischt.

»Mylady kann nun gerne hereinkommen und sich

hier am Feuer aufwärmen, solange sie auf ihr Zimmer wartet, Sir«, sagte nun die Frau des Hauses, die mittlerweile gekommen war. Sie trug ebenfalls ein Nachtgewand, allerdings darüber eine Strickjacke und auf dem Kopf eine Haube. Sie hatte Wasser aufgesetzt und bot Harper einen Tee an.

»Danke Misses, äh..«

»Curran. Margret Curran. Verzeihen Sie, dass mein Mann nicht gleich die Situation erkannt hat. Aber er pflegt Mittwochs immer seinen, äh, Herrenabend. Natürlich nur, wenn keine anderen Gäste mehr hier sind.«

Harper nickte und verließ Misses Curran, um Lady Agatha hereinzubitten. Diese war erfreut, wenigstens ins Warme zu kommen. In der Kutsche war es doch sehr kalt gewesen. Die Wirtin gab der Adeligen Tee und reichte dazu auch noch selbstgebackenes Buttergebäck. Sie fragte, ob die hohe Herrin noch ein kleines Abendessen wünsche, da diese jedoch verneinte, machte sich die Frau daran, selbst zu inspizieren, wieweit die Magd mit dem Zimmer wäre.

»Mr. Harper? Reiten Sie noch heute Nacht zurück?«, fragte Agatha den Verwalter, nachdem sie ihn gebeten hatte ihm noch etwas Gesellschaft zu leisten.

»Das hatte ich vor, Mylady. Aber wenn Sie es wünschen, bleibe ich gerne noch bis zum Morgen, und breche mit Ihnen auf. Ich wäre dann spätestens gegen Mittag wieder in Fillbington House. Es gibt dort sehr viel Arbeit für mich«, sagte Harper.

»Das ist sehr aufmerksam von Ihnen. Ich muss sagen, ich fühle mich wohler, wenn Sie in der Nähe sind. Es wird leichter werden, in Limerick eine Unterkunft zu finden, ab da komme ich alleine zurecht. Aber ich bin doch sehr froh, dass Sie die Bürde übernommen haben, mich zu begleiten.«

»Von Bürde kann keine Rede sein, Mylady. Ich könnte es mir nie verzeihen, wenn Ihnen etwas zustoßen würde.«

»Ich.., ich muss sagen, dass mir gegenüber schon lange kein Mann mehr so aufmerksam und um mich besorgt war. Nicht einmal...«

Lady Agatha brach ab. Sie hätte beinahe angefangen, über ihren Ehemann zu klagen, der sie seit der Geburt ihres letzten Kindes überhaupt nicht mehr beachtete. Jedenfalls kam es ihr so vor. Nie war er zu Hause und wenn, dann ging er zur Jagd, zum Reiten, oder musste säumige Pächter bestrafen. Im letzten Jahr hatte er sogar als High Sheriff, eigentlich einem reinen Zeremonienamt, Verbrecher gejagt und sich selbst dabei in tödliche Gefahr gebracht. Sie hatte das Gefühl, Sir William täte alles dafür, so wenig Zeit wie möglich bei ihr zu verbringen.

»Also, wenn es für Sie keine allzu großen Umstände bereitet, würde ich Sie bitten, bis morgen hier zu bleiben. Ich werde Misses Curran bitten, ein Zimmer für Sie zu richten.«

»Das wird nicht nötig sein, Lady Agatha. Ich kann im Stall bei den Pferden schlafen«, entgegnete der Verwalter.

»Nein, ich bitte Sie, bleiben Sie in meiner Nähe. Ich..., ich habe hier kein gutes Gefühl. Das ist die erste Reise, die ich ohne meinen Mann mache. Bitte bleiben Sie hier im Haus«, flehte sie den Mann an. Harper nickte, stand auf und machte eine Verbeugung. Er war ein stattlicher Mann. Nicht zu dünn und nicht zu dick. Ein freundliches Gesicht mit makantem Kinn, gute Manieren. Ein Gentleman.

»Ihr Wunsch ist mir Befehl, Mylady. Ich hole nur kurz meine persönlichen Sachen«, sagte er und ging hinaus.

Misses Curran freute sich, dass sie noch ein Zimmer vermieten durfte, versprach ein gutes Frühstück noch vor Sonnenaufgang und wünschte den Herrschaften eine gute Nacht. Lady Agatha ärgerte sich, ihre Zofe Rose nicht mitgenommen zu haben, aber sie hatte auch Angst, dass das Kindermädchen nicht alleine mit den

Kindern fertig werden könnte. Da Rose ihr vollstes Vertrauen besaß, hatte sie entschieden, dass sie lieber ohne die Annehmlichkeiten einer persönlichen Dienerin reisen wollte. Immerhin gab es in Dublin diese Ruby und Misses O'Harra, die ihr sicherlich ebenso gute Dienste erweisen würden.

10

Benjamin Jenkins beeilte sich, um wenigstens noch zurück zum Stadthaus seiner Lordschaft zu kommen, bevor dieser in seinen Club ging. Das würde etwa bis 8 Uhr der Fall sein, da Lord Godfrey an solchen Tagen zu Hause zu dinieren pflegte. Benjamin musste unbedingt auch noch Lady Godfrey seine Aufwartung machen. Ihn plagte ein schlechtes Gewissen wegen der Störung ihrer Lordschaften am Vormittag. Gewiss würde sie mit ihrem Gatten dinieren. Der Sekretär überlegte sich verschiedene Versionen wie er sein Verhalten entschuldigen könnte, die er aber alle wieder verwarf. Allerdings hatte der Lord auch seltsam reagiert, dachte sich Benjamin. Es war alles sehr verwirrend. War Lady Godfrey so früh am Morgen oder gar Nachts angekommen? Und warum hatte sie sich nicht angekündigt? Zudem war keine Zofe, kein Diener und kein Kutscher aus Fillbington House mitgekommen. Sehr seltsam. Oder war die Dame im Bett des Lords vielleicht... Nein, das war unmöglich! Seine Lordschaft würde doch nicht so einen Skandal riskieren und eine Mätresse in sein Haus holen. Die Herren der feinen Gesellschaft taten dies stets an diskreten Plätzen. Dachte jedenfalls Benjamin Jenkins. Das Risiko, wegen einer schwatzhaften Dienerschaft aufzufliegen, war viel zu hoch.

Selbst im Club gab es dafür Räumlichkeiten, in denen sich die Herren zuweilen..., entspannten.

Den Kopf voller Gedanken kam er schließlich im Haus des Lords an. Da es erneut zu regnen begonnen hatte, war er wieder nass bis auf die Knochen. Hobbs öffnete die Türe.

»Ah, Mister Jenkins. Seine Lordschaft erwartet Sie bereits. Sir William geruht, im Salon zu speisen. Sie sollten sich beeilen, er will so schnell wie möglich in seinen Club.«

»Danke, Hobbs. Wie ist die Stimmung im Haus?«

Hobbs sah Jenkins mit seiner sauertöpfischen Mine an.

»Wie belieben?«

»Äh, ich meine, wie geht es Lady Godfrey? Ist sie auch im Salon?«

»Lady Godfrey weilt auf Fillbington Hall. Das sollten Sie eigentlich wissen. Ich weiß nicht, wie Sie darauf kommen, dass Lady Agatha hier sein könnte.«

»Ah. Also doch...« entfuhr es Benjamin, »Ich meine, dann gehe ich jetzt zu seiner Lordschaft.«

Er warf Hobbs Hut und Umhang in die Arme und ging raschen Schrittes in den Salon.

»Jenkins! Da sind Sie ja endlich! Ich dachte schon, Sie wären zurück nach Killarney. Was hat denn so lange gedauert?«, rief der Lord mit vollen Backen.

»Entschuldigen Sie bitte, Mylord. Die Unterredung mit Anwalt Ryker hat länger gedauert, als ich dachte. Dafür kamen erstaunliche Fakten zu Tage. Leider nicht sehr erfreuliche.«

»Zum Teufel, Jenkins! Spannen Sie mich nicht auf die Folter! Was ist mit dieser verdammten Urkunde? Können wir etwas dagegen machen?«

»Nun, zunächst ist das Dokument echt. Denn auch der Verfasser, beziehungsweise der Urheber ist nun bekannt. Und es gibt ein Gegenstück, eine Zweitschrift, dessen Verbleib jedoch noch unklar ist.«

»Lassen Sie mich raten, Jenkins! Ryker hat es geschrieben!«

»Ja, Sir. So ist es. Allerdings ist die Nutznießerin des Dokumentes bereits verstorben. Rein rechtlich geht der darin überschriebene Besitz somit an deren Erben, respektive Erbin.«

»Und wer soll das sein?«

»Auch das ist noch nicht geklärt. Aber wir, das heißt, Mister Ryker und ich, wollen es morgen herausfinden«, gab Benjamin zur Antwort.

»Mr. Jenkins! Ich hoffe, dass Sie diese Angelegenheit diskret behandeln. Dass jemand anderem das halbe Haus hier gehören soll, ist absurd. Ich habe erst vor wenigen Jahren ein Vermögen in die Renovierung gesteckt. Da war niemand, der die Hälfte bezahlt hat. Es wäre einfacher gewesen, ein neues Haus zu bauen. Ich glaube nicht, dass diese Person, die als Erbin hier genannt wurde, mir die Kosten erstatten würde. Finden Sie diese Person, verhandeln Sie notfalls über eine Abfindung. Oder drohen Sie ihr mit einem jahrelangen, schmutzigen Rechtsstreit. Schaffen Sie das?«

»Sir, bei allem Respekt, über welche Summe sprechen wir? Man müsste wahrscheinlich mindestens Tausend Pfund bieten, um überhaupt ins Geschäft zu kommen«, gab Benjamin zu bedenken. »Das Haus hier schätze ich vorsichtig auf 6000 Pfund.«

»Sind Sie wahnsinnig, Mann? Maximal hundert Pfund. Sie kennen doch die Bücher. Mehr werden wir keinesfalls anbieten!«, sagte Sir William streng.

»Ich verstehe, Sir. Natürlich. Aber zunächst muss die Person gefunden werden.«

»Gut, dann wäre alles gesagt. Sie halten mich auf

dem Laufenden. Und keine Zugeständnisse ohne mein Wissen! Ich gehe jetzt in den Club. Sie werden bestimmt noch allerhand zu tun haben, da sie den Nachmittag ja andere Dinge erledigt haben. Ach, nebenbei, was macht denn die Liste? Ich würde sie gerne sehen, bevor ich gehe. Sie ist doch fertig?«

»Selbstverständlich, Sir. Ich hole sie.«, sagte Benjamin und sprang auf.

»Gut, machen Sie das. Und noch was, Jenkins!« sagte Godfrey und hielt damit Benjamin auf.

»Sir?«

»Wenn Sie noch einmal in mein Schlafgemach eindringen, sind sie entlassen. Und zwar fristlos! Wenn ich Sie vorher nicht erschieße!«

»Jawohl, Sir. Ich.., äh, es tut mir leid, ich wußte nicht, dass Sie nicht alleine waren...«, stammelte der junge Angestellte.

»Ich war alleine. Haben Sie verstanden!«

»Sir? Äh, jawohl, Sir.«

Wenig später saß Benjamin in seiner Kammer und schrieb einen langen Brief an Emily. Er erzählte von seiner Begegnung mit Anwalt Ryker und das dieser ihn sehr beeindruckt habe. In Gedanken spiele er damit, Jura zu studieren und auch Rechtsgelehrter zu werden. Auch der Beruf des Richters scheine ihm ein höchst erstrebenswertes Ziel zu sein. Benjamin war die ganze Zeit in seinen nassen Sachen da gesessen, bis er plötzlich merkte, dass er schrecklich fror. Schnell zog er die nassen Sachen aus und wickelte sich in die große, warme Wolldecke, die ihn schon so oft in dieser kalten Dachkammer gewärmt hatte. Da ging die Türe auf und Ruby stand im Zimmer.

»Ruby! Was soll das? Ich habe doch schon hundert Mal gesagt, dass Du anklopfen sollst, wenn Du etwas willst!«

Aber das Dienstmädchen legte den Finger auf den Mund und ging auf Benjamin zu. Sie schob die Decke zur Seite und begann, Benjamin zu küssen. Zuerst auf die Wangen und dann auf den Hals und die Brust. Benjamin war so geschockt, dass er zunächst nicht reagierte. Als sie sich dann weiter nach unten arbeitete, hielt er sie mit aller Kraft ab.

»Ruby! Was tust Du da? Bist Du verrückt? Lass' das!«

»Ja, ich bin verrückt nach Dir, Benjamin Jenkins! Ich mache alles, was Du willst!«

Sie zog die Decke ganz bei Seite und massierte Benjamin im Schambereich. Dieser war hin und hergerissen, spürte einen nie dagewesenen Drang und ein brennendes Verlangen. Doch dann nahm er sich zusammen, sprang auf und stieß Ruby unsanft weg.

»Raus! Ich bin einer anderen versprochen. Ich werde sie nie betrügen!«, rief er mit sich überschlagender Stimme.

Ruby lachte.

»Das muss Deine Verlobte doch nicht wissen! Seit Deinem ersten Tag hier begehre ich Dich, Du Schöner! Lass uns zusammen fliehen! Ich mache alles für Dich!«, sagte sie und kam ihm wieder ganz nahe.

Benjamin packte sie an den Handgelenken, stand auf und schob sie von sich.

»Bitte, Ruby. Lass' mich in Ruhe. Du bist ein nettes Mädchen. Aber ich liebe Dich nicht. Also mach es Dir nicht selbst schwer. Wenn Du mich noch einmal bedrängst, sorge ich dafür, dass man Dich entlässt!«

»Pah! Du bist es nicht wert, Ben Jenkins. So hat mich noch keiner abserviert. Aber wart's nur ab! Du wirst schon sehen, was Du davon hast!«, rief sie plötzlich wütend und rannte hinaus.

Benjamin schloss die Türe und schob den Riegel vor. Er schüttelte den Kopf. Dieses Mädchen war komplett verrückt!

11

Lady Godfrey konnte nicht einschlafen. Sie hatte Rückenschmerzen von dem Gerüttel in der Kutsche und das Bett war viel zu weich. Oh, wie sie es hasste, auswärts zu schlafen. Mit Hin- und Rückreise, sowie einigen Tagen in Dublin würde diese Reise bestimmt 10 Tage dauern. 180 Meilen. Sie musste verrückt sein. Und alles wegen dieser schamlosen Erpressung. Wer wohl dahinter steckte? Gleich in Dublin würde sie darauf drängen, den besten Anwalt zu konsultieren.

Sie stand schließlich auf, zog einen Mantel über das Nachtgewand und begann, im Zimmer auf- und abzuwandern, denn Sie hatte schon früher die Erfahrung gemacht, dass so ihr Rücken etwas Ruhe gab.

Plötzlich klopfte es an der Kammertüre.

»Wer ist da?«, fragte sie etwas ängstlich.

»Harper, Mylady. Ich habe Schritte in Ihrer Kammer gehört und machte mir Sorgen. Geht es Ihnen gut?«

»Ach, Sie sind es. Ja, alles in Ordnung. Ich muss mir nur etwas die Beine vertreten. Durch das Kutschenfahren bekomme ich immer Rückenschmerzen.« Sie biss sich auf die Zunge. Vor einem Angestellten gab man keine Schwächen zu.

»Das ist sehr bedauerlich, Mylady. Ich könnte Ihnen etwas zum Einreiben geben. Wirkt wahre Wunder.«

Das fehlte noch! Den Angestellten nachts in die Schlafkammer bitten! Was dachte sich der Kerl?

»Das ist sehr freundlich, Mister Harper. Aber Sie werden verstehen, dass ich Sie nicht hereinlassen kann.«

»Natürlich, Mylady. Verzeihen Sie meine Impertinenz. Ich stelle Ihnen ein Fläschchen vor die Türe, damit können Sie die betroffenen Stellen einreiben.«

»Das ist sehr liebenswürdig. Ich danke Ihnen.«

»Gerne geschehen. Gute Nacht, Mylady.«

»Gute Nacht, Mister Harper.«

Sie wartete einige Minuten, bis sie hörte, dass Harper etwas auf der Schwelle abgestellt hatte und öffnete kurz darauf die Türe. Dort stand ein kleines, braunes Fläschchen. Es war mit einem Korken verschlossen. Schnell griff Lady Agatha nach der Medizin. Beim Bücken spürte sie einen stechenden Schmerz im Rücken und sie schrie kurz auf. Sie wagte nicht, sich weiter zu bewegen, der Schmerz schien übermächtig. Sofort kam

Harper aus seinem Zimmer und sprang ihr zur Seite.

»Oh mein Gott, Mylady! Was ist mit Ihnen?«

»Mein Rücken. Ich kann mich nicht mehr bewegen. Bitte Sir, helfen Sie mir!«, sagte sie mit schmerzverzerrter Stimme.

Harper führte sie vorsichtig in das Zimmer.

»Mylady, ich fürchte, Sie haben sich verrenkt. Ich kann versuchen, sie wieder einzurenken, das kann kurz weh tun, aber dann wird es gleich vorbei sein. Ich habe das schon oft bei meiner Schwester gemacht, sie hat sehr häufig mit Rückenproblemen zu tun.«

»Wirklich, Sir? Sollten wir nicht nach einem Arzt schicken?«

»Zu dieser Stunde, in diesem Kaff? Ich meine, in dieser Gegend wird es kaum einen Doktor geben. Lassen Sie es mich versuchen. Danach können Sie noch die Tinktur anwenden, sie wird Ihnen zusätzlich Linderung verschaffen.«

»Na gut. Versuchen Sie es bitte. Aber tun Sie mir nicht weh!«

»Keine Sorge, Mylady, Ich weiß, was ich tue. Vertrauen Sie mir.«

Harper war sehr kräftig und einen Kopf größer als Lady Agatha. Er betastete ihr Rückgrat durch das Nachthemd und suchte nach Blockaden. An einem der unteren Lendenwirbel wurde er fündig und prüfte sanft die Beweglichkeit und Lage des Wirbels.

»Steckt der Schmerz hier, Mylady?«, fragte er.

»Ja. Genau da. Was kann man tun, Mister Harper?«

»Ich versuche nun, den Wirbel in seine richtige Position zurückzuschieben. Das wird kurz schmerzen. Dann wird es aber gleich besser sein. Bitte erschrecken Sie nicht.«

Durch einen kurzen Impulsstoß drückte Harper den verschobenen Wirbel zurück, es gab ein hörbares Knacke. Lady Agatha zuckte kurz und stöhnte auf.

»Besser?«, fragte der Verwalter.

»Besser«, sagte Lady Agatha zögernd. Sie richtete sich vorsichtig auf und erwartete den Schmerz. Aber er war weg. »Das ist ein Wunder, Mr. Harper! Sie haben heilende Hände.«

»Oh nein, Mylady. Nur eine gute Anleitung durch einen alten Militärarzt. Allzu oft kann man das aber nicht tun. Sie sollten jetzt entspannen und die Tinktur einreiben.«

»Und wie komme ich an die Stelle am Rücken? Sie müssten mir behilflich sein.«

»Mylady, ich, äh, dazu müssten Sie den Rücken freimachen. Soll ich nicht lieber ein Zimmermädchen...«
Doch Lady Agatha hob die Hand.

»Ich bestehe darauf, dass Sie das machen, Mr. Harper. Ich bin mir sicher, Ihre heilenden Hände werden mir sehr gut tun. Drehen Sie sich um!«

Sie zog ihr Nachtgewand aus und legte sich nackt auf das Bett. Dann zog sie die Decke über sich.

»Fangen Sie an, Mr. Harper. Es ist kühl und ich kann nicht ewig so liegen bleiben!«

12

Am frühen Morgen des nächsten Tages erwachte Benjamin noch vor Sonnenaufgang. Er sprang aus dem Bett und wusch sich mit dem Wasser aus dem Krug, der immer in seinem Zimmer stand, kalt ab. So erfrischt machte er sich daran, den begonnenen Brief an Emily fertig zu schreiben. Als er geendet hatte, las er ihn noch einmal durch und erschrak, wie sachlich nüchtern das Schreiben wirkte. Das war doch kein Brief an einen geliebten Menschen. Benjamin zerknüllte das Papier und warf es auf den Boden. Er wollte gerade von neuem beginnen, als es an seiner Kammertüre klopfte.

»Benjamin! Aufwachen! Ich bin's, Ruby. Du sollst sofort nach unten kommen, ein Bote ist da!«

Benjamin riss die Türe auf und Ruby erschrak.

»Spinnst Du? Wieso erschreckst Du mich so? Und warum bist Du schon angezogen?«

Aber Benjamin antwortete nicht, schob Ruby bei Seite und lief die Treppe hinunter. Unten am Eingang wartete ein Mann in Ledermantel und Hut. Um seine Schulter hing eine große Tasche.

»Sind Sie Mister Jenkins? Ich habe eine Nachricht für Sie. Ich soll die Antwort abwarten und zurückbringen.«

Er überreichte Benjamin einen versiegelten Umschlag, den dieser sogleich öffnete. Die Nachricht war von Horatio Ryker. So früh am Morgen? Wann schlief dieser Ryker? Benjamin überflog die Zeilen. Er sah den Boten ungläubig an. Dann las er die Botschaft noch einmal.

»Mein lieber Mister Jenkins.

Ich habe mit Lord Godfrey eine Vereinbarung getroffen. Er entlässt Sie umgehend aus seinen Diensten, bezahlt Ihnen aber noch eine Abfindung von 12 Pfund, mit der Empfehlung an Sie, sich in meine Dienste zu begeben. Ich stelle Ihnen in Aussicht, mein Assistent zu werden und sage Ihnen das doppelte Gehalt plus Spesen für Kost und Logis zu. Ich würde mich freuen, Sie in meinen Diensten begrüßen zu dürfen.

Hochachtungsvoll

Horatio Ryker, Rechtsanwalt«

Benjamin wußte nicht, was er sagen sollte. Er stand mit offenem Mund da und sah abwechselnd den Boten und das Schreiben an.

»Nun, Sir? Was ist? Ich soll Ihre Antwort mitbringen. Ich kann nicht ewig warten!«, sagte der Bote etwas ungeduldig.

»Äh, ja. Warten Sie, ich schreibe.«

Benjamin stürmte in das Arbeitszimmer, holte Papier, Feder und Tinte aus dem Schreibpult und begann zu schreiben. Er bedankte sich für das Vertrauen, werde gerne die Stellung antreten und so weiter. Er versiegelte das Schreiben und gab es dem Boten mit. Dazu kramte er noch ein paar Pennies aus der Tasche für den Mann. Dann ging er zurück ins Arbeitszimmer und setzte sich hin. Was war denn das gewesen?

An der Haustüre gab es plötzlich Krach, etwas wurde umgestoßen und jemand polterte gegen die Türe. Es war Lord Godfrey, der nach Hause kam. Er war sichtlich betrunken und sehr schlecht gelaunt.

»Hooobbs!«, brüllte er, »Hooobbs! Verdammter Kerl, komm' her und zieh' mir diese vermaledeiten Stiefel aus!«

Benjamin ging zum Eingang um Sir William zu begrüßen.

»Ha, der verlorene Sohn! Ja, verloren trifft es wohl

am Besten!«, rief dieser.

»Guten Morgen, Sir. Äh, ich verstehe nicht, ich war doch gar nicht weg. Wieso verlorener Sohn?«, fragte er.

»Das will ich Ihnen Sagen, Mister. Anscheinend hat dieser Ryker einen Narren an Ihnen gefressen. Naja, wie man hört gefallen ihm junge Männer. Auf jeden Fall hat er Sie gewonnen, und ich hab Sie verloren!«, rief der Adelige lallend.

»Ich verstehe immer noch nicht, Sir.«

»Mann, ist doch ganz einfach. Ryker wollte Sie abwerben. Ich hab' nein gesagt. Da haben wir um Sie gespielt. Eine ganz fantastische Partie Whist. Leider hat Ryker gewonnen. Also, packen Sie Ihren Kram und dann raus hier. Ich habe stets meine Spielschulden beglichen, schließlich bin ich ein Gen..., ein Gentleman, Mister!«.

»Mister Ryker schreibt noch etwas von einer Abfindung über 12 Pfund, Sir. Ich kann das Geld ja bei Gelegenheit abholen, Eure Lordschaft.«

»Ha! Der alte Halsabschneider hat Ihnen schon geschrieben? Ich werd' verrückt! Schläft der nie? Nein! Kommen Sie mit, Jenkins. Ich geb' Ihnen Ihr Geld. Gehört schließlich zu den Spielschulden. Los, mitkommen!«

Lord Godfrey wankte zum Arbeitszimmer und steckte den Schlüssel, den er immer an einem Band um den Hals trug, in die große eiserne Schatulle. Er öffnete den Behälter und nahm einen kleinen ledernen Geldbeutel heraus.

»Hier. Das müsste genügen. Zählen Sie es nach. Den Rest können Sie behalten. Und dann hauen Sie ab, bevor ich es mir anders überlege!« Godfrey ließ sich in einen Sessel fallen.

Benjamin verabschiedete sich und ging in sein Zimmer um zu packen. Er hatte kein bisschen Wehmut, dieses Haus zu verlassen. Ruby stand im Gang, der zu den Dachkammern führte und weinte.

Ben strich ihr kurz über den Kopf und machte sich fertig. An der Haustüre verabschiede er sich noch von Mister Hobbs.

»Auf Wiedersehen, Mister Hobbs. Es hat mich gefreut, Ihre Bekanntschaft zu machen.«

»Hat mich auch gefreut, Mister Jenkins«, sagte dieser brummig, »Ich hätte gewünscht, Sie wären uns länger erhalten geblieben.«

Benjamin nickte und ging. Er freute sich auf seine neue Stellung. Und er würde nun als erstes versuchen, Molly zu befreien.

13

»Da sind Sie ja, Mister Jenkins. Ich freue mich, dass Sie meinem Ruf gefolgt sind und hier bei uns anfangen möchten«, rief Horatio Ryker überschwänglich, als Benjamin die Kanzlei in der Parliament Street betrat. Alle Angestellten begrüßten ihn freundlich, und Benjamin schüttelte jedem die Hand.

»Zu viel der Ehre, Gentlemen. Ich freue mich hier sein zu dürfen«, sagte Benjamin in die Runde.

Als die Begrüßung beendet war, nahm Ryker Benjamin bei Seite.

»Kommen Sie mit. Ich habe Neuigkeiten. Ihre Molly wird heute freigesprochen werden. Richter Duncan hat mir sein Wort gegeben.«

»Das ist ja großartig, Sir! Vielen Dank!«, sagte der junge Mann und schüttelte Ryker die Hand.

»Nun, ja. Das ist doch gar nichts. Wie mir scheint, haben wir aber noch die Sache mit diesem Dokument. Ich habe die Pflegeeltern des unehelichen Kindes von

Lord Charles Godfrey gefunden.«

»Wie haben Sie das bewerkstelligt? Es muss doch schon Jahre her sein, dass sie abgegeben worden ist.«

»Genau siebzehn. Das Mädchen hieß Morgana und wurde gleich nach dem Tod von Miss Harrington an die Pflegeeltern abgegeben. Bis heute erhalten sie ein Pflegegeld und eine Leibrente. Haben Sie in den Büchern denn gar nichts gefunden?«

»Leider nein. Mein Vorgänger, ein Gewisser Mister Cunningham hat einige Geheimnisse mit ins Grab genommen. Er starb an einem Herzversagen an seinem Schreibtisch. Es gibt Konten, die geheim sind. Ich habe nur durch einen Zufall von deren Existenz erfahren.«

»Nun, dann wird von einem dieser Konten das Geld regelmäßig transferiert worden sein. Allerdings endeten die Transaktionen mit dem Tod des Lords Godfrey Senior.«

»Warum haben die Pflegeeltern dann nicht versucht, weiter Geld zu erhalten?«, fragte Benjamin.

»Ganz einfach. Sie haben das Kind einfach weitergegeben und nur das Geld kassiert. Ohne Kind keine Forderung.«

»Und an wen? Ist der Verbleib des Mädchens, beziehungsweise der jungen Frau bekannt?«

»Und ob, mein Lieber. Aber dazu später. Wir sollten jetzt zunächst einmal zum Gericht. Was halten Sie davon, wenn wir Miss Malone von dort nach ihrem Freispruch abholen? Es wird womöglich einen Tumult geben und jemand sollte sie vor den Neugierigen schützen.«

Sie machten sich auf den Weg. Eine Frage brannte Benjamin noch auf der Seele. Wie hatte es Ryker geschafft, die Pflegeeltern ausfindig zu machen? Immerhin lag hier ein massiver Betrug vor. Wenn es zur Anzeige kam, gingen diese Leute in Haft. Ausser..., gewisse Leute, vor allem Lord William, hätten ein Interesse, dass die Sache möglichst nicht publik gemacht werden würde.

Vor dem Gerichtsgebäude war wiederum eine große Menge an Schaulustigen versammelt. Allerdings bewachte ein Soldatentrupp das Gebäude und auch in den umliegenden Gassen hatte Benjamin mehrere Patrouillen gesehen. Diesmal wollte die Administration scheinbar jeglichen Aufruhr im Keim ersticken.

Im Gericht selbst suchten sie sofort Richter Duncan auf, der sie freundlich empfing.

»Wie Sie sicher gesehen haben, meine Herren, sind bereits Sicherheitsmaßnahmen ergriffen worden, falls irgendwelche Unruhestifter die Gelegenheit für ihre politischen Ziele nutzen sollten«, sagte er den beiden.

»Warum sollte es zu Tumulten kommen? Miss Malone wird freigesprochen. Sie geht nach Hause und alles wird sich beruhigen. Wie sollte es anders sein?«, sagte Ryker stirnrunzelnd. Benjamin beschlich ein ungutes Gefühl.

»Nun, ich habe als Richter abzuwägen. Ich habe Recht zu sprechen. Und es ist noch nicht klar, ob die junge Dame wirklich so unschuldig an dem Aufruhr war. Das soll die Verhandlung heute klären.«

»Aber , Sir! Sie haben...«, wollte Benjamin intervenieren. Aber Anwalt Ryker hielt ihn zurück.

Duncan zog die Brauen hoch und blickte Benjamin streng an.

Doch Ryker schien äußerst gelassen, als habe er damit gerechnet, dass der Richter seine Meinung ändern könnte.

»Selbstverständlich wird sich jeder gewissenhafte Untertan seiner Majestät dem Richtspruch eines Vorsitzenden der Gerichtsbarkeit ebendieser unterwerfen. Darüber besteht kein Zweifel, Sir. Genauso werden wir auch die Angeklagte mit allen Mitteln des Rechts verteidigen, damit keine Unklarheiten verbleiben und sie so behandelt wird, wie es jedem Untertan seiner Majestät zusteht.«

»Natürlich, Mister Ryker. Wir sehen uns also in einer halben Stunde im Gerichtssaal. Guten Tag.«

Benjamin wollte noch etwas sagen, aber Ryker hielt ihn erneut zurück.

Sie verneigten sich und gingen. Auf dem Gang konnte sich Benjamin nicht mehr zügeln.

»Sir, das ist unglaublich! Gestern hat er noch einen Freispruch zugesichert. Und heute? Wir müssen mit härtester Strafe rechnen! Wie kann er plötzlich seine Meinung so ändern?«

»Psst! Nicht so laut!«, zischte Ryker. »Wir müssen jetzt kühlen Kopf bewahren. Anscheinend hat Richter Duncan andere Order bekommen. Ich vermute, dass man ein Exempel statuieren will. Jetzt wird es wirklich gefährlich. Ich fürchte, es kann bestenfalls eine Haftstrafe geben, die in Deportation umgewandelt werden könnte. Als ihre Unterstützer könnten wir selbst in die Schusslinie geraten. Natürlich ist das ein Skandal. Aber jetzt hat ein kleiner Streit zwischen einem Fuhrmann und einer Fischhändlerin plötzlich politische Brisanz. Ich muss die Verteidigung umstellen.«

»In einer halben Stunde? Das scheint mir unmöglich, Mister Ryker!«, sagte Benjamin verzweifelt.

»In der Tat. So scheint es. Gehen Sie zu Miss Malone. Aber, sagen Sie ihr um Himmels Willen nichts von unseren neuen Erkenntnissen. Ich muss nachdenken.«

Benjamin lief zu den Zellen, in denen die Angeklagten bis zum Prozess warteten. Nur wenige Minuten würden ihm bleiben, um Molly zu sprechen. Was sollte er ihr sagen? Sie konnten sich nur durch Gitterstäbe unterhalten. In der Zelle saß auch der Kutscher. Benjamin war erstaunt, dass man die Kontrahenten zusammen gefangen hielt.

»Miss Malone, guten Morgen. Ich freue mich, Sie wiederzusehen«, sagte er mit gespielt freundlicher Mine und reichte ihr durch das Gitter die Hand. Ein wohliger Schauer durchströmte ihn bei der Berührung.

»Mister Jenkins! Ich freue mich auch. Was ist denn draußen los? Es scheinen ja viele Menschen da draussen zu stehen. Ist das wegen des Prozesses?«, fragte Molly.

»Es scheint so, als wären viele Menschen daran interessiert, ja. Aber seien Sie gewiss, Sie werden dieses Gebäude noch heute als freier Mensch verlassen.«, log Benjamin.

»Das tut so gut zu hören. Ich halte es hier nicht mehr aus. Die Wärter waren unmöglich. Ich fürchte, dass sie bald zudringlich werden. Ich bin ein anständiges Mädchen. Aber man scheint hier zu glauben, ein Mädchen würde alles tun, um hier Vergünstigungen zu bekommen.«

»Das ist ja furchtbar. Ich werde mich beschweren. Niemand darf Sie so behandeln!«

»Danke, Mister Jenkins. Sie sind ein echter Gentleman.«

»Benjamin. Bitte nennen Sie mich Benjamin«, sagte der junge Anwaltsgehilfe.

»Genug geturtelt!«, unterbrach sie einer der Wächter. »Die Zeit ist um. Sie sehen die Dame im Gerichtssaal.«

Benjamin gab ihr erneut die Hand. Dann ließ er zögerlich los und ging. Sein Herz schlug bis zum Hals. Er hatte Angst. Sie war verloren.

14

»Mister Jenkins! Was machen Sie denn hier? Sagen Sie bloß, der alte Fuchs Ryker hat Sie bereits an Ihrem ersten Tag zu seinem Gehilfen gemacht. Ohne jede Vorkenntnis? Ich bin wirklich erstaunt.«

Überrascht sah Benjamin Lord William Godfrey vor sich stehen.

»Sir! Ich bin ebenfalls überrascht, Sie hier zu sehen. Wollen Sie auch dem Prozess gegen Miss Malone beiwohnen?«

»Ich wüßte nicht, was Sie das angeht, Jenkins! Ach, übrigens, richten Sie Ihrem neuen Dienstherren aus, dass ich heute Abend Revanche fordere. Ich habe immerhin meinen Buchhalter an ihn verloren. Und das, obwohl ich ein gutes Blatt hatte. Aber da wir Gentleman sind, will ich ihm Gelegenheit bieten, sein unerhörtes Glück erneut auf den Prüfstand zu stellen. Guten Tag, Mister!«

Damit ließ er Benjamin stehen. Dieser sah im nach

und schüttelte den Kopf. Eigentlich war er froh, nicht mehr in Diensten dieses Mannes zu stehen, wenngleich er dort einige Erfahrungen hatte sammeln können. Schein bar hatte jeder der feinen Gesellschaft seine Leichen im Keller. Es fragte sich nur, wo und welche.

Eine Glocke läutete und hieß die Beteiligten und die Zuhörer in den Saal zu kommen. Der Zuschauerbereich war durch eine Art Balustrade abgetrennt. Innerhalb dieses Bereiches drängten sich ungewöhnlich viele Leute, die meisten davon waren junge Männer. Benjamin erkannte einige der Anwesenden wieder, sie waren auch an der Kreuzung vor Ort gewesen.

»Im Namen unseres Königs, seiner Majestät König Georg des Dritten, eröffne ich diesen Prozess, den die Krone zu Ungunsten der beschuldigten Molly Malone anstrengt, um über ihr schändliches und aufrührerisches Verhalten vor zwei Tagen an der Kreuzung Walting Street und St. James Street zu urteilen«, begann Richter Duncan die Verhandlung.

Benjamin hörte entsetzt diese Worte. Anklage wegen Aufruhr. Hochverrat. Es gab nur eine Strafe für solch ein Vergehen. Ein Raunen ging durch den Saal. Molly stand mit weit aufgerissenen Augen da und konnte es nicht fassen.

Nach Verlesung der Anklage wurden erste Zeugen

befragt. Zunächst ein Captain der Armee, der die Auflösung des Aufruhrs befehligt hatte. Keiner seiner Männer war angegriffen worden. Es hatte aber durch das harte Eingreifen des Militärs viele Verletzte gegeben, wobei nicht mehr genau festgestellt werden konnte, welche Verletzungen durch die Schlägerei zuvor oder durch die Soldaten geschehen waren. Der Offizier berichtete exakt alle Einzelheiten, wie die genaue Uhrzeit der Alarmierung, die Personalstärke seiner Truppe, Bewaffnung und die Order, die er bekommen hatte, sowie über die Befehle, die er daraufhin selbst ausgab. Der Mann war ruhig und klar. Kein Gesichtsausdruck verriet irgendeine Emotion.

Nachdem er ausgesagt hatte, durfte die Anwaltschaft Fragen stellen.

»Captain Egmonton. Gehe ich recht in der Annahme, dass es keinerlei Gegenwehr gegeben hat, als Ihre Männer den Platz geräumt haben?«

»Das ist korrekt. Meine Männer mussten zwar Gewalt anwenden, um die streitenden Parteien zu trennen, aber niemand hat es gewagt, die Hand gegen uns zu erheben.«

»Was würden Sie sagen, oder besser, Captain, wie ist Ihre Einschätzung, verhielten sich die Streitenden Ihnen gegenüber feindselig?«, fragte Ryker weiter.

»Zu keinem Zeitpunkt. Es standen Fäuste gegen Gewehre und Bajonette. Nur Narren hätten sich gewehrt.«

»Danke, Sir. Keine weiteren Fragen.«

Wieder ging eib Raunen durch die Menge.

Richter Duncan wurde nervöser. Seine Gelassenheit vom Vortag war dahin.

»Ruhe, oder ich lasse den Saal räumen.«, rief er und schlug seinen Holzhammer auf das Brett vor ihm.

»Ich rufe nun den Zeugen O'Keffey auf«, fuhr der Richter fort.

Der Kutscher, der an Händen und Füssen in Eisen gelegt war, kam mit einem klirrenden Geräusch den Gang entlang herein geschlichen. Er sah schlecht aus und hinkte. Sein Gesicht war grün und blau verschwollen, ein Auge konnte er gar nicht öffnen. Er hatte sichtliche Blessuren davongetragen. Nach dem er den Eid auf die Bibel geschworen hatte, begann der Richter ihn zu fragen, wie er das ganze erlebt hatte.

»Euer Ehren. Ich bin vollkommen unschuldig. Diese Weibsperson hat einen Unfall provoziert, und danach die Menge absichtlich aufgehetzt!«

Er erzählte in schillernden Farben wie die Malone die Leute aufgefordert habe, sich allen zu widersetzen, die über sie bestimmen wollen. Mehrmals gab es Zwischenrufe aus dem Publikum, die der Richter immer ungeduldiger zur Ordnung rief.

»Lügner!«, rief einer der Zuhörer dazwischen.

»Das ist infam!« ein anderer.

»Zum letzten Mal! Ruhe! Jeder der hier stört, geht in Haft, bei Gott!«, rief Duncan schließlich, »Fahren Sie fort, Mister O'Keffey!«

Als der Kutscher geendet hatte, ließ ihn der Richter wieder aus dem Saal bringen, denn der Mann hatte begonnen, seinerseits die Störer zu beschimpfen und zu bedrohen.

»Euer Ehren!«, meldete sich nun Ryker zu Wort, »Ich muss darauf hinweisen, dass die Verteidigung das Recht hat, den Zeugen ebenfalls zu befragen. Da Sie ihn aber nun aus dem Saal entfernen ließen, liegt hier bereits jetzt ein schwerer Verfahrensfehler vor.«

Duncan kochte vor Wut. Die Sache schien ihm zu entgleiten.

»Mister Ryker, Sie haben gesehen, dass der Mann keine weiteren Aussagen machen kann. Ich musste ihn entfernen, damit er nicht weiter provoziert!«

»Somit ist seine Aussage für diesen Prozess nicht relevant. Zum einen, weil ihn die Verteidigung nicht befragen konnte, zum Anderen, weil der Mann ganz offensichtlich zum Jähzorn neigt. Ich beantrage die Vernehmung eines weiteren Zeugen, der unabhängig ist und ebenfalls vor Ort war, als die Sache sich zutrug.«

»Nun, gut. Tun Sie das«, lenkte Richter Duncan wütend ein, »Wie heißt der Zeuge?«

»Sein Name ist Benjamin Jenkins. Er steht hier neben mir.«

Benjamin erschrak.

»Was? Ich?«, entfuhr es ihm. In der Tat hatte er nur wenig beobachtet und war genau genommen nur zum Auftakt der Schlägerei anwesend gewesen.

»Treten Sie vor, Mister Jenkins! Leisten Sie den Eid und machen Sie Ihre Aussage«, sagte Richter Duncan nach kurzer Bedenkzeit etwas widerwillig.

»Jawohl, Sir.«

Der Gerichtsdiener hielt die Bibel hin und Benjamin legte seine Hand auf das Buch.

»Ich schwöre bei der heiligen Schrift, die Wahrheit zu sagen, so wahr mir Gott helfe!«

Duncan nickte.

»Nun, denn. Berichten Sie!«

Benjamin erzählte, dass er auf dem Weg zurück in die Innenstadt mit seiner Mietkutsche nicht habe weiterfahren können. Grund dafür sei die blockierte Kreuzung gewesen. Der Karren von Molly Malone wäre vorher zu Bruch gegangen und der Kutscher sei am Schimpfen gewesen, als er die Szene beobachtet habe.

»Weiter, Mister Jenkins, wir haben nicht den ganzen Tag Zeit«, sagte der Richter ungeduldig.

»Jedenfalls sah ich deutlich, wie der Kutscher, Mister O'Keffey, von seinem Kutschbock herab mit seiner Peitsche ausholte, um Miss Malone zu schlagen. Daraufhin haben mehrere beherzte junge Männer eingegriffen und den Kutscher davon abgehalten. So kam es, da weitere Fuhrleute anwesend waren, zum Kampf.«

»Und warum haben Sie nicht eingegriffen, Mister Jenkins?«, fragte der Richter.

»Ich war zu weit entfernt und durch die Menschenmenge vom Geschehen getrennt. Aber ich kann Ihnen hier im Saal weitere Zeugen nennen, die das gleiche gesehen haben. Der Kutscher lügt, Sir. Ganz eindeutig. Ich verstehe nur nicht, warum.«

Erneut ging ein Raunen durch den Saal.

»Gut. Ihre Aussage ist nun zu Protokoll gegeben. Hat die Verteidigung noch Fragen?«

»Ich danke Ihnen, dass Sie mich dieses Mal nicht vergessen, Euer Ehren«, sagte Ryker und machte eine höfliche Verbeugung.

»Mister Jenkins. Waren Sie alleine unterwegs, als sie auf dem Weg in die Stadt waren?«

»Nein, Sir.«

»In wessen Begleitung waren Sie?«

»Ich war nicht in Begleitung, ich begleitete meinen Dienstherren.«

»Das bedeutet, wie könnten auch Ihren Dienstherren in den Zeugenstand rufen?«, fragte Ryker.

»Ja, Sir, das wäre möglich. Ich bin allerdings nicht mehr im Dienst dieses Herren. Ich habe eine neue Stellung angetreten.«

»Sie haben eine neue Stellung? Haben Sie denn einen Vertrag über dieses neue Dienstverhältnis?«

»Äh, nein, Sir ich…meine, es gibt, wie Sie wissen, nur eine mündliche Zusage.«

»Und glauben Sie, Mister Jenkins, Ihr vorhergehender Dienstherr würde es gut heißen, wenn Sie ihn nun nennen würden und hier der Öffentlichkeit preisgeben würden, dass er bei der Massenschlägerei und dem Aufruhr an der Kreuzung anwesend oder gar beteiligt gewesen war?«

»Natürlich nicht, Sir! Auch nach Beendigung des Dienstverhältnisses muss man die Loyalität wahren!«

»Sehr vorbildlich, junger Mann«, sagte Ryker grinsend in die Runde.

»Halten Sie Miss Malone für eine Aufrührerin?«, fragte er weiter.

»Nein, Sir. Natürlich nicht. Sie ist eine Fischhändlerin. Doch jeder Gentleman würde für eine junge Dame, die unschuldig in Not gerät, egal ob Lady oder Dienstmagd, Partei ergreifen und sie retten. Das gebietet der Anstand.«

»Der Anstand, so, so! Sie machen also keinen Unterschied zwischen einer Lady und einer Gemeinen?«, fragte nun Richter Duncan. Erneut ging ein Raunen durch die Menge. Benjamin drehte sich kurz um und erkannte Sir William unter den Prozessbeobachtern. Dann fasste er sich ein Herz und sprach laut und deutlich:

»Euer Ehren. Bei allem Respekt. Eine junge Dame in Not sollte für jeden anständigen Mann Grund zum Handeln sein. Natürlich ist einer Lady ganz besonderer Respekt zu erweisen!«, antwortete der junge Assistent.

Diesmal erhielt er dafür Beifall von den Rängen. Der Richter blickte erbost in die Runde. Er klopfte auf sein Holzbrettchen, was jedoch jegliche Wirkung verfehlte. Rotbackig schnaubte er und rief laut:

»Gerichtsdiener! Lassen Sie den Saal räumen! Das ist hier doch kein Jahrmarkt! Ich vertage die Verhandlung! Sie können gehen, Jenkins.«

Der Richter stand auf und alle Anwesenden ebenso, dann verließ der Richter mit seinen Beisitzern den Saal. Benjamin ging zu Ryker.

»Sir! Was sollte das? Wieso haben Sie mich in den

Zeugenstand gerufen?«

»Reine Taktik. Duncan weiß natürlich, wer Ihr Diensth war. Und er weiß auch, dass er ihn unmöglich in den Zeugenstand berufen kann. Ich hatte eine Vermutung, warum Miss Malone plötzlich so hart bestraft werden soll. Ich sehe sie nun bestätigt. Wir suchen nun die Pflegeeltern von Miss Harrington auf. Ich glaube, es gibt heute noch spannende Ermittlungsergebnisse!«

»Aber, was ist mit Miss Malone? Sie muss ja weiterhin hier bleiben. Ich hatte ihr versprochen, dass sie noch beute in Freiheit ist.«

»Das ist Ihr Problem, junger Freund. Nicht meins. Sie sollten künftig mit Ihren Versprechungen vorsichtiger sein. Aber ich sehe ein Licht am Ende des dunklen Weges.«, sagte Ryker, »Vertrauen Sie mir. Wir werden sie retten. Es dauert nur etwas länger als geplant.«

15

Wie drapiert saßen die Eheleute Karrington in ihrer Wohnstube. Sie waren beide etwa sechzig Jahre alt. Ihre Minen waren wie versteinert und sie sprachen wenig. Horatio Ryker hatte sie zu diesem Termin gezwungen, indem er ihnen klar gemacht hatte, dass sie nur unter der Bedingung, ihm vollständig die Wahrheit zu sagen, nicht angezeigt werden würden. Er habe kein Interesse, ihren jahrelangen Betrug aufzudecken, er vertrete auch nicht die Seite des Geschädigten, der sowieso verstorben sei.

Vielmehr wollte er nun die Identität des Kindes wissen, um dieses vor eventuellem Schaden zu schützen. Die beiden Eheleute sahen sich ab und zu an. Hart, emotionslos.

»Was sind das für Menschen?«, dachte sich Benjamin.

»Nun, Mister und Misses Karrington? Wo ist das Kind? Oder besser gesagt, die junge Frau, die aus dem

Kind geworden ist? Lebt sie? Was wissen Sie über ihren Verbleib? Reden Sie endlich, bevor ich es mir anders überlege und mit meinem Freund Richter Duncan rede«, erhöhte Ryker nun den Druck

Benjamin entfuhr bei den Worten »meinem Freund Richter Duncan« ein leichtes Lächeln.

»Sie lebt«, sagte Misses Karrington schließlich. »aber sie weiß nicht, wer ihre richtigen Eltern sind. Wir haben sie gegen ein jährliches Salär abgegeben.«

»Das heißt, Sie haben sie verkauft?«

»Oh nein, Sir. Wir haben für ihre Unterbringung bezahlt. Eine Art Rente. Es geht ihr gut, sie ist glücklich, wo sie ist und sie arbeitet fleißig.«

»Für wen?«, fragte Ryker ungeduldig.

»Für ihre neuen Eltern natürlich.«

»Namen. Ich brauche einen Namen. Sie wird ja wohl nicht unter ihrem richtigen Namen leben.«

»Nein. Sie haben ihr einen neuen Namen gegeben. Wie gesagt, sie weiß nichts über ihre Herkunft. Warum wollen Sie sie aus ihrer Familie herausreißen? Wir bekommen nun seit drei Jahren kein Geld mehr. Trotzdem haben wir die Rente weiter bezahlt. Weil wir gute Christen sind.«, sagte Mister Karrington.

»Aha. Und das Geld, das Sie bekamen, war wofür? Es war Schweigegeld, Mister. Schweigegeld für ein Verbrechen!«

»Wo soll das Verbrechen sein? Ein uneheliches Kind zu vermitteln und unterzubringen ist doch eine Frage der Nächstenliebe, Mister Ryker!«

»Schluss damit. Ich kann es nicht mehr hören. Ihr Euphemismus macht mich krank. Name und Wohnort. Jetzt. Das ist mein letztes Wort.«

Die beiden sahen sich an. Mister Karrington ging zu einer Kommode, zog eine Schublade auf und holte eine Blechkassette heraus. Er öffnete sie und suchte darin nach einem ganz bestimmten Zettel.

»Hier ist es. Ich habe alles aufgeschrieben. Miss Morgana Harrington. Alter 3 Jahre. Kam am 2.9.1758 zu uns. Wurde weitervermittelt an die Familie Malone, Fischhändler in Dublin. Jährliche Leibrente für das Kind 2 Shilling und 7 Pence«

»Wie bitte?« entfuhr es Benjamin. Er stand auf und entriss Karrington den Zettel.

»Tatsächlich. Es ist Molly. Ich fasse es nicht!«

»Immer mit der Ruhe, Jenkins. Es könnte auch noch Schwestern und eigene Kinder bei den Malones geben. Das hier ist nur ein Indiz«, gab Ryker zu bedenken.

»Die Familie hatte 9 eigene Kinder. Davon überlebten bis heut fünf, soweit ich weiß. Welches davon Miss Karrington ist, kann ich nicht sagen. Sie könnte auch tot sein. Dann hätten uns die Malones allerdings betrogen. Sie sind doch Anwalt. Könnten Sie uns in diesem Fall beraten?«

»Kommen Sie, Benjamin! Wir gehen! Wir haben genug erfahren. Und was Ihre Frage betrifft, Mister und Misses Karrington: Lieber läge ich tot in einem Graben, als Sie zu vertreten. Guten Tag!«

16

Nur noch wenige Meilen trennten Lady Agatha Godfrey von ihrem Ziel in Dublin. Sie hatte den ganzen Tag über in der Kutsche verbracht, sogar gegessen hatte sie während der Fahrt. Auf Anraten Harpers hatte sie ihren Sitzplatz sehr weich gepolstert, damit nicht wieder die Stöße der Kutsche ihrem Rücken Schaden zufügen sollten. Sie saß auf etlichen Kissen und Polstern, so als würde man rohe Eier transportieren. Und tatsächlich, so geschützt war ihr die Fahrt wesentlich leichter gefallen.

Es wurde bereits erneut dunkel, aber sie hatte die Reise somit in zwei Tagen geschafft. Das war nur durch die vierstündige Abendfahrt zwei Tage zuvor möglich geworden. Sonst hatte die Reise gerade um diese Jahreszeit immer drei bis vier Tage gedauert. Lady Godfrey war somit schneller als ein einfacher Bote gewesen. Nur berittene Boten des Königs waren schneller unterwegs. Sie hatte nun genügend Zeit gehabt, darüber nachgedacht, was in der Angelegenheit zu tun sei und wollte zunächst mit ihrem Gatten und gegebenenfalls mit Jenkins, dessen dienstbeflissenen Buchhalter die Dokumente und Aufzeichnungen des alten Lords prüfen. Es musste weitere Hinweise auf diese Affaire geben.

Harper hatte sie gestern Morgen noch eine Wegstunde begleitet, um sicher zu gehen, dass sie wohlbehalten weiterreisen konnte. Er hatte sich auch um die Auspolsterung der Kutsche gekümmert und der Herbergswirtin die besten Kissen abgeschwatzt. Ein echter Gentleman. Nie zuvor in ihrem Leben hatte sich ein Mann so um sie bemüht. Und wenn sie daran dachte, wie er ihren Rücken eingerieben hatte und was vor allem danach geschehen war, wurde ihr heiß und kalt. Trotzdem hatte sie kühlen Kopf bewahrt, was sich dann am Ende auch wirklich gelohnt hatte.

Schon hatten sie die Vororte erreicht, es ging nun langsamer vorwärts, da viele Leute auf den Straßen unterwegs waren. In Gedanken hatte sie bereits eine Einkaufsliste erstellt, denn sie wollte diese Reise auch zu etwas Erfreulichem nutzen, wenn schon der eigentliche Grund äußerst ernst war. So konnte sie ihre Gedanken auch etwas ablenken und beruhigen, denn der Skandal, welcher der Familie drohte, hatte ihr in den letzten beiden Tagen doch sehr zugesetzt. Schließlich erreichten sie das Stadthaus Lord Godfreys in der Bishop Street. Der Kutscher stieg ab und musste sich erst einmal strecken. Auch sein Rücken schmerzte empfindlich. Er hoffte sehnlichst auf einen warmen Platz am Küchenfeuer, würde aber vorher noch das Gepäck von Mylady ausladen, die Pferde versorgen und die Kutsche in den Mietstall bringen müssen. Sein Arbeitstag würde so frühestens in zwei Stunden enden.

Der Diener Hobbs hatte die Ankunft von Mylady als erster bemerkt, er hatte die Kutsche sofort erkannt und war zur Türe geeilt.

»Mylady! Was für eine Freude und Überraschung. Ich hoffe, Sie hatten eine angenehme Reise?«, sagte er gewohnt emotionslos.

»Danke, Hobbs. Den Umständen entsprechend. Ist mein Mann zu Hause?«

»Ich fürchte nein, Mylady. Er hat leider nichts von der Ankunft Eurer Lordschaft erwähnt. Aber im großen Salon brennt bereits das Feuer und es ist angenehm warm. Möchten Eure Lordschaft einen Tee?«

»Guter, alter Hobbs. Ja, sehr gerne. Und helfen Sie dem Kutscher mit dem Gepäck. Und geben Sie dem guten Mann auch etwas Tee. Er hat es sich verdient!«

»Vielen Dank, Mylady, das ist zu gütig«, brummte

der Kutscher, der sich viel lieber eine Ration Schnaps gewünscht hatte. Hobbs sah ihn abfällig an und rümpfte die Nase. Die ganze Dienstbotenküche würde nach Pferd riechen.

»Sagen Sie, Hobbs, wissen Sie, wann Lord William zurückkommt? Ich habe dringende Angelegenheiten zu besprechen«, fragte Lady Agatha, als sie im Salon Platz genommen hatte.

»Mylady, ich bin untröstlich. Ich weiß es wirklich nicht. Seine Lordschaft pflegt an Abenden wie diesen ausser Haus zu dinieren.«

»Hobbs. Lassen Sie sich nicht alles aus der Nase ziehen! Wo ist er?«

»Seine Lordschaft ist im Club«, sagte Hobbs langsam, als beginge er Hochverrat.

»Na also. War doch nicht so schwer. Und jetzt schicken Sie einen Boten hin und lassen ihn wissen, dass ich hier bin und auf ihn warte. Ich habe dringende Neuigkeiten. Nein, noch besser, ich schriebe ihm eine Nachricht. Der Kutscher soll sie überbringen!«

»Ihr Diener, Mylady!«, sagte Hobbs wieder emotionslos.

In der Dienstbotenküche saß der Kutscher und plauderte mit Misses O'Harra.

»Sie glauben nicht, was das für eine harte Reise war, Misses O'Harra! Ich war zwei volle Tage und eine halbe Nacht auf dem Bock. Also irgendwas muss sehr wichtig sein, wenn Mylady unbedingt so schnell hier her muss.«

»Und was soll das sein? Ein fünftes Kind wird sie ja nicht erwarten, oder? Da würde sie doch niemals das Risiko einer solchen Reise auf sich nehmen. Nein, nein! Es muss schon was sehr Wichtiges sein, was geschäftliches oder so..«, sinnierte Misses O'Harra.

»Mein' ich auch. Kurz vorher kam ein Brief aus London an. Sehr wichtig! Kurz darauf musste ich anspannen. Stell Dir das mal vor! Jahrelang sitzt Mylady in der Provinz und will gar nich' mehr nach Dublin, und dann so was! Gibt's noch was von dem Gin, Missie?«, fragte der Kutscher leise und grinste dabei zahnlos.

»Aber von mir has'te den nicht!«, sagte die Haushälterin, »Wie macht sich denn der neue Verwalter, dieser Harper? Soll ja ein stattlicher Mann sein.«

»Nun, ja. Er hat uns am Anfang begleitet. Als ob ich nicht alleine auf Mylady aufpassen könnte! Na, auf jeden Fall war er die erste Nacht bei uns.«

»Was?«

»Ich hab's von einem der Stubenmädchen in Listowel Crossing. Harper war mitten in der Nacht bei Mylady!«, flüsterte der Kutscher.

»Ach was? Noch Gin, Peter?«, fragte Misses O'Harra und goss den Becher des Kutschers randvoll.

Plötzlich stand Hobbs in der Tür.

»Misses O'Harra! Mylady wünscht noch mehr Tee und ein leichtes Abendessen. Und Du, Killick? Solltest Du nicht eine Botschaft in den Club von Sir William bringen? Wieso sitzt Du dann noch hier? Und was gibt's hier zu tuscheln?«, herrschte er die beiden an.

Der Kutscher Peter Killick stand auf und machte sich auf den Weg. In seiner Tasche war ein versiegelter Brief ihrer Lordschaft. Er hatte Weisung, ihn nur an Lord William persönlich zu überreichen. Der Kutscher hatte eigentlich keine Lust mehr, nach sechzehn Stunden auf den Beinen und über sechzig Meilen Kutschfahrt am Stück auch noch Briefträger zu spielen. Er war müde und hatte Hunger. Wobei, die zwei Becher Gin hatten seine Lebensgeister geweckt und er würde, gleich nachdem er den Brief abgegeben hätte, in einem Gasthaus einkehren und endgültig für heute Feierabend machen.

Auf dem Weg zum Club kam er an einer Schänke vorbei, die er von früheren Besuchen in Dublin kannte.

»Auf ein Glas oder zwei, seine Lordschaft kann noch

ein Weilchen warten«, sagte er sich, um sein Gewissen zu beruhigen.

So ging er hinein und bestellte sich am Tresen Bier und Gin. Es dauerte nicht lange und der Kutscher war betrunken. Zu wenig hatte er gegessen und zu lange gearbeitet. Nach etwa zwei Stunden war sein Geld zu Ende und der Wirt warf ihn hinaus. Peter Killick saß eine Zeit lang im Regen vor der Schänke auf dem Pflaster. Ihm wurde klar, dass er seinen Auftrag erfüllen musste, ansonsten würde er seinen Job verlieren. Er rappelte sich auf und wankte die Straße hinunter. Dabei sang er laut und falsch.

Weit nach 10 Uhr Abends erreichte er den Herrenclub, den Sir William zu besuchen pflegte. Der Diener am Eingang rümpfte die Nase und verweigerte dem Betrunkenen den Einlass. Als dieser lautstark protestierte und mit dem Brief für Sir William wedelte, holte er sich einen Kollegen zu Hilfe. Dieser betrunkene Bote war so dreckig und stank, als hätte er in einem Misthaufen gesessen. Er konnte unmöglich hereingelassen werden. Aber er ließ sich nicht abweisen, obwohl man ihm versicherte, dass Lord William gar nicht im Club sei. Da fiel dem Diener ein, dass der Angestellte von Lord William mit dem Anwalt Ryker im Haus war. Sein Name war Jenkins. Der Bote ließ sich darauf ein, diesem den Brief zu geben, immerhin war Jenkins so etwas wie die rechte Hand des Lords. Schnell holten die Diener Jenkins her und führten ihn zu dem Boten.

»Killick! Was um alles in der Welt..?«, sagte Benjamin.

»Brief für s-seine L-Lordschaft..«, stammelte der Mann und brach zusammen.

Einer der Diener nahm Killick den Brief ab und reichte ihn Benjamin.

»Oh, Sie wissen wahrscheinlich gar nicht, dass ich...«, sagte Benjamin, aber plötzlich stand Ryker hinter ihm, legte die Hand auf seine Schulter und meinte:

»Was haben Sie denn da, junger Freund? Einen Brief? Sehr interessant. Lassen Sie mal sehen!«

17

Die Fortführung der Gerichtsverhandlung wegen Aufruhr und Rebellion war für den nächsten Vormittag um 10 Uhr anberaumt. Dieses Mal sollte wegen der Störungen am vorigen Verhandlungstag die Öffentlichkeit weitgehend ausgeschlossen werden. Trotzdem sammelte sich eine Menge Menschen vor dem Gerichtsgebäude an, um wenigstens einen Blick auf die Protagonisten werfen zu können und die resultierenden Neuigkeiten oder gar das Urteil möglichst schnell zu erfahren. Wieder war Militär aufgezogen, auch diesmal wollte man kein Risiko eingehen. Die Berater des Vizekönigs hatten gar auf eine Ausgangssperre gedrängt, doch der Mann war besonnen und wollte die Sache so klein wie möglich gehalten haben.

Prozess ja, aber kein Aufhebens. Er hatte entsprechende Anweisungen an den Richter weitergegeben.

Dieser saß nun wieder in seiner Amtstracht und mit der gewaltigen Perücke auf dem Kopf im Saal und hörte missmutig dem Plädoyer des Anwaltes Horatio Ryker zu. Unter den wenigen Zuhörern waren zumeist hochgestellte Persönlichkeiten. Auch Sir William war darunter.

»Hohes Gericht, Eure Lordschaften, Ladies and Gentlemen! Ich komme nun zu meiner Zusammenfassung der Geschehnisse des 7. Novembers 1775.«

Ryker fasste das Geschehene zusammen und ließ dabei nichts weg. Auch, dass Molly unnachgiebig und durchaus provozierend gehandelt hatte und so die Eskalation des Streites durchaus in Kauf genommen habe. Benjamin war entsetzt. Rykers Ausführungen konnten Molly Kopf und Kragen kosten. Was war denn mit diesem Anwalt los?

»Miss Malone verhielt sich nicht standesgemäß, vielmehr trat sie aus der Rolle, welche ihr durch Ihre Herkunft und ihr Geschlecht vorgegeben scheint!«

Benjamin ahnte langsam, worauf Ryker nun hinauswollte. Er bereitete einen Skandal vor.

»Mister Ryker! Kommen Sie zum Punkt. Ich verstehe Ihre Argumentation nicht. Ich dachte, Sie verteidigen Ihre Klientin? Warum reden Sie dann so über sie?«, fragte nun auch Richter Duncan verwirrt.

Das war genau das Stichwort für Ryker:

»Weil diese junge Dame hier nicht die Person ist, die

wir als Molly Malone kennen. Nein, Ladies and Gentlemen! Diese junge Dame konnte nicht anders handeln, als ihre Ehre aufs Abscheulichste beschmutzt wurde! Und die jungen Gentlemen, die ihr zur Seite standen, ritterlich, wie einst die Männer der Tafelrunde, spürten wohl instinktiv, oder waren sogar göttlich inspiriert, dass sie gar nicht anders konnten, als zu helfen. Denn diese junge Dame, Ladies and Gentlemen, ist blauen Blutes! Selbstbewusst aufzutreten liegt in ihrer Art!«

Nun ging ein Raunen durch den Saal, manche lachten.

»Ruhe!« brüllte Richter Duncan und klopfte wie verrückt auf sein Holzbrettchen.

»Mister Ryker, bei allem Respekt für ihre jahrelange, brilliante Arbeit. Sind Sie wahnsinnig? Wie kommen Sie dazu, so etwas zu behaupten?«

»Ich kann es beweisen, Sir! Ich habe hier ein Schreiben, das beweist, dass Miss Molly Malone von Pflegeeltern aufgenommen wurde, die sie allerdings weitergaben. Dafür wurde eine jährliche Leibrente bezahlt. Der Geber dieser Rente ist ein Lord gewesen. Ich werde allerdings aus Gründen, die das Gericht verstehen wird, nicht preisgeben, wer dieser Lord war. Er bekundet in diesem Schreiben die Vaterschaft zu Miss Malone, alias. . . .«

Im Saal war es still, selbst die Gerichtsschreiber hielten mit dem Kratzen ihrer Schreibkiele inne. Ryker schien diese rhetorische Pause sichtlich zu geniesen.

»Miss Morgana Harrington!«

Die älteren unter den Zuhörern nickten wissend, die jüngeren verstanden nichts.

»Zeigen Sie mir umgehend dieses Schreiben, Mister Ryker! Das ist skandalös, so etwas vor Gericht auszubreiten! Sie sind verrückt. Man wird Ihnen die Zulassung entziehen!«, fauchte Duncan.

»Das glaube ich nicht, Richter. Vielmehr mache ich mir Sorgen um Ihren Posten. Aber Sie wollten ja nicht mit mir zusammenarbeiten. Also, Richter? Freispruch?«, flüsterte Ryker über das Pult.

»Ruhe jetzt! Das sind Sachverhalte, die erst überprüft werden müssen. Das Gericht zieht sich zur Beratung zurück.«

Der Richter stand auf und eilte hinaus. Molly stand da und wußte nicht, wie ihr geschehen war. Benjamin ging zu ihr und nahm ihre Hand. Wieder fühlte er diesen wohligen Schauer.

»Molly, ich muss Ihnen etwas erklären. Sie sind die Tochter eines Lords. Man hat Sie versteckt.« sagte er ihr. Molly war verwirrt. Benjamin erzählte ihr alles, was sie herausgefunden hatten.

»Wir müssen aber noch geheim halten, wer dieser Lord war. Leider ist er bereits verstorben.«

»Aber meine Eltern? Ich liebe sie doch und sie mich. Ich bin deren Kind. Das muss alles ein Irrtum sein. Wir sind Fischhändler«, sagte Molly zögernd.

»Natürlich, Molly. Oder soll ich Sie nun Lady Morgana nennen?«

»Bitte nicht! Ich bin das nicht. Ich bin doch keine Lady!«

»Für mich schon!«, sagte Benjamin und küsste ihre Hand.

Nach etwa einer halben Stunde kam ein schwitzender Richter mit seinen Beisitzern zurück in den Saal. Nachdem sich alle wieder gesetzt hatten, verkündete der Richter das Urteil.

»Im Namen seiner Majestät unseres allergnädigsten Königs Georg, ergeht folgendes Urteil: Die Beschuldigte Molly Malone wird freigesprochen. Es gibt keinen Anhaltspunkt, der ein aufrührerisches Verhalten beweist. Vielmehr wird der Zeuge O'Keffey wegen Falschaussage und Anstiftung zum Aufruhr angeklagt. Ein eigenständiges Verfahren soll darüber urteilen.«

Im Saal brach Jubel aus. Ryker schlug Benjamin auf die Schulter. Mollys Ketten wurden abgenommen und sie umarmte Benjamin.

Nur ein Mann im Zuhörerbereich sah schockiert und starr auf das, was da geschah.

18

In der Kanzlei Rykers saßen nun Molly, Benjamin und der Anwalt selbst im Salon und feierten ihren Sieg.

»Ich weiß gar nicht, wie ich Ihnen danken soll, Sir. Ich habe kein Geld, um sie zu bezahlen. Ich danke Ihnen für Ihre ritterliche Hilfe«, sagte Molly, die sich zunächst hatte waschen und umziehen können.

»Und ich danke Ihrer Frau für diese schöne Kleid.«

»Naja, es scheint mir etwas zu groß für Sie, Miss Harrington, obwohl meine Frau mir versicherte, es sei sehr eng geschnitten... Ich kenne mich da nicht so aus. Aber es steht Ihnen trotzdem ausgezeichnet, finde ich.«

Benjamin sah sie freudestrahlend an.

19

»Verdammt, dieser Killick. Ich hatte ihm gesagt, er soll den Brief an Dich persönlich geben und nicht Deinem Assistenten Jenkins«, sagte Lady Godfrey zu ihrem Gatten der nach der Gerichtsverhandlung sofort nach Hause gegangen war. Alle in der höheren Gesellschaft würden nun eins und eins zusammenzählen können und ahnen, wer der Vater von Morgana Harrington war.

»Und dieser verdammte Ryker. Er hat seine Informationen bestimmt von Jenkins. Darum wollte er auch, dass der Kerl in seine Dienste kommt. So hat er alle Informanten gebündelt. Aber wer steckt hinter dem Erpresserschreiben? Das hat doch Ryker gar nicht nötig.«, sagte Sir William nachdenklich.

»Manchmal ist es schockierend für mich, wie dumm Du bist. Für einen Lord geradezu närrisch dumm. Natürlich steckt Ryker dahinter, wer sonst? Die Frage ist, ob noch weitere Kräfte hinter Ryker stecken. Wer hat Interesse, Dich gesellschaftlich und damit politisch kaltzustellen? Ryker plant diesen Coup schon länger, da bin ich mir sicher. Diese Molly, wenn sie überhaupt Deine Halbschwester ist, ist doch nur wie eine Puppe, die er benutzt, genau wie Jenkins. Wir müssen die beiden aus dem Verkehr ziehen. Ohne das junge Ding, seinen Ass im Ärmel, hat er nichts, ausser einem uralten Skandal, über den bereits nächste Woche niemand mehr sprechen würde.«

»Du meinst, wir sollen die beiden jungen Leute... Ich hätte nie gedacht, dass meine Frau so skrupellos sein könnte!«

»Du verstehst nichts! Zahle sie aus und schicke sie weg. In die Kolonien oder so. Einen Erbstreit können wir nicht riskieren. Das wird teuer. Aber alles andere würde noch viel teurer.«

»Na gut, ich kann mir vorstellen, ihr 500 Pfund auszuzahlen. Dann müsste Ruhe sein.

»Lächerlich! Das Stadthaus ist alleine das zehnfache wert. Sie wären dumm, darauf einzugehen. Biete ihnen 5000 Pfund, wenn sie verzichtet und mit Jenkins das Land für immer verlässt. Und mache ihr klar, dass dies ein Angebot ist, dass sie nicht nocheinmal bekommt. Damit kann sie in den Kolonien wie eine Fürstin leben.«

»Und woher soll ich soviel Geld nehmen? Ich müsste einiges verkaufen, und das geht nicht von heute auf morgen.«

»Was ist mit den Schiffsanteilen? Überschreibe sie ihr. Das ist noch besser als Geld.«

»Trotzdem, welche Garantie hätten wir, dass sie nicht erneut Forderungen stellt?«, gab Sir William zu bedenken.

»Darum, mein lieber Gemahl, werde ich mich kümmern.«

20

Die Einladung zum Tee bei Lord und Lady Godfrey für Miss Molly Malone und Mister Benjamin Jenkins erreichte die beiden in Baldoyle, einem kleinen Fischerort nordöstlich von Dublin, in dem Molly aufgewachsen war. Benjamin hatte Molly nach Hause gebracht, nachdem sich die erste Aufregung um den Prozess gelegt hatte. Die Familie Malone war zunächst skeptisch gegenüber Benjamin gewesen, aber dieser hatte sie von seinen ehrlichen Absichten überzeugen können und war angesichts des fortgeschrittenen Tages dann der Einladung gefolgt, im kleinen Cottage der Familie zu übernachten. Am nächsten Morgen hatte Molly darauf bestanden, ihm zu zeigen, wie man die Muscheln sammelte und besuchte mit Benjamin die besten Plätze. Den ganzen Tag verbrachten sie am Meer und, obwohl es kühl war, stürmte und die Brandung hoch ging, sammelten sie einen ganzen Korb voll Meeresfrüchte. Sie waren schließlich nass und durchgefroren, als sie zurückkamen und der Tag war schon wieder zur Hälfte dahin. Benjamin wollte sich gerade auf den Weg zurück nach Dublin machen, als der Bote kam.

»Was steht drin?«, fragte Molly, die nicht lesen konnte.

»Eine Einladung zum Tee. Morgen um Vier. Mehr nicht. Es gibt nun zwei Möglichkeiten: Entweder es ist ein Friedensangebot oder eine Kriegserklärung.

»Sollen wir darauf eingehen?«, fragte Molly, die unsicher war und noch unter dem Eindruck der Haft stand. Voller Angst blickte sie Benjamin an.

»Wenn wir es nicht tun, was dann? Ich stehe Ihnen bei, Miss Molly. Egal, was passiert. Aber ich denke, ich frage Mister Ryker um seinen Beistand. Wir nehmen ihn einfach mit.«

»Werden die Lordschaften das denn akzeptieren? Die Einladung betrifft schließlich nur uns!«, sagte Molly skeptisch.

»Ihnen wird gar nichts anderes übrig bleiben, Miss Molly«, sagte Benjamin und nahm ihre Hand. »Ich verspreche, auf Sie aufzupassen, damit Ihnen kein Leid geschieht. Ich bin mir sicher, dass die Einladung nicht zurückgewiesen wird, weil wir einen Rechtsbeistand dabei haben.«

21

Am darauffolgenden Tag saßen Benjamin Jenkins, Molly Malone und der Anwalt Horatio Ryker im großen Salon des Stadthauses von Lord und Lady Godfrey. Sie waren sehr pünktlich gekommen und von Hobbs, dem Hausdiener empfangen worden. Ihre Lordschaften ließen auf sich warten, was den dreien Gelegenheit gab, sich ein letztes Mal abzusprechen.

»Gehen Sie auf nichts ein, stellen Sie keine Forderungen. Lassen Sie mich reden. Wir wollen uns zunächst anhören, was man uns anbietet«, sagte Ryker leise, da er befürchtete, dass sie belauscht würden.

Da ging auch schon die Türe auf und Lady und Lord Godfrey traten ein. Die Gäste erhoben sich und machten höfische Verbeugungen. Benjamin war überrascht, wie formvollendet Molly das beherrschte.

Ryker begann zunächst, wie es seine Art war, mit Komplimenten und belanglosem Zeug die Konversation zu eröffnen. Irgendwann winkte Sir William ab.

»Lassen wir nun diese Belanglosigkeiten. Wir haben Sie eingeladen, um mit Ihnen diese leidige Sache aus der Welt zu schaffen. Mister Ryker, ich nehme an, Sie verfügen gewiss über Zeugen und Beweise, die Ihre These stützen, dass diese junge Dame das Resultat außerehelicher Bemühungen meines verstorbenen Herrn Vaters ist. Ich gehe ferner davon aus, dass Sie das wirklich glauben. Was ist denn nun Ihr Anliegen, beziehungsweise, was wollen Sie mit dieser Behauptung erreichen? Glauben Sie wirklich, dass diese Fischhändlerin die Einzige ist, die als Bastard eines Adeligen auf dieser Welt herumläuft? Das wir Sie überhaupt hier in diesem Haus empfangen, ist alleine schon als Zeichen unseres guten Willens zu betrachten. Wir haben uns entschlossen, eine gütliche Einigung erzielen zu wollen, vorausgesetzt, Sie wollen das auch.«

»Das ist wirklich sehr edel und vorbildlich. Unsere Diskretion in dieser Sache sei Ihnen gewiss! Auch ich als Anwalt habe mich an Regeln zu halten«, gab Ryker zurück.

»Wir bieten eine einmalige Abfindung gegen Aushändigung aller Beweise und Zeugenaussagen. Dazu eine Verzichtserklärung über sämtliche Erbansprüche von Miss Molly Malone, alias Morgana Harrington, gegenüber der Familie Godfrey. Ferner verlangen wir, dass Miss Malone das Land auf Lebenszeit verlässt. Darüber hinaus fordern wir, dass Mister Jenkins ebenfalls Irland für mindestens zehn Jahre den Rücken kehrt.«

Molly erschrak. Benjamin nahm ihre Hand und versuchte, sie so davon abzuhalten, etwas zu sagen. Doch Ryker war sofort auf dem Plan.

»Das sind harte Bedingungen, Sir. Ich kann hierauf nicht sofort antworten. Zudem ist Miss Malone noch nicht 21, was erschwerend hinzukommt, da sie selbst kein Vermögen verwalten darf.«

»Darüber sind wir uns im Klaren. Mister Jenkins wird sie heiraten, sie wird seinen Namen annehmen«, sagte Godfrey.

»Das bestimmen doch nicht Sie!«, rief nun Molly, die sich nicht mehr halten konnte, »Ich bin doch kein Stück Vieh! Oder sind wir hier auf dem Markt?«

»Bei allem Respekt, Sir! Das können Sie doch nicht verlangen!«, sagte nun auch Jenkins, dem das Ganze nun doch etwas suspekt vorkam.

»Sie wollten unsere Forderungen hören, Mister! Und nun zum Angebot. Auf keinen Fall werden wir auf die in der Urkunde genannten Forderungen eingehen. Aber wir sind bereit, eine großzügige Abfindung zu bieten. Sie erhalten als Start in Ihr neues Leben eine Summe von 500 Pfund in Gold. Dazu ein Anteilspaket über

Schiffsobligationen. Diese sind in Boston hinterlegt. Sie sehen also, es wird auch geschäftlich für Sie leicht sein, in den nordamerikanischen Kolonien neu zu beginnen.«

»Sir, bei allem Respekt! Seit den aufrührerischen Begebenheiten vor zwei Jahren sind diese Obligationen in ihrem Wert um die Hälfte gefallen! Das ist ein großes Risiko! Boston wird von den Aufständischen belagert!«, sagte Ryker aufgebracht.

»Im Gegenteil! Ich weiß aus sicherer Quelle, dass seine Majestät nun genügend Truppen heranführt, um den Konflikt um die aufständischen Kolonien endgültig zu beenden. Aber gut, wenn Sie nicht wollen, dass wir die Obligationen über die Schiffe, die in Amerika uns gehören, Miss Malone überschreiben, dann eben nicht! Die Goldsumme ist allerdings unser letztes und einziges Angebot«

»Machen Sie das nicht, Jenkins!«, riet Ryker.

»Ich? Wieso ich? Alles Geld gehört Molly. Bitte, entscheiden Sie, Miss Malone!«

»Ich..., ich weiß nicht. Ich habe davon keine Ahnung. Aber ich finde Schiffe sehr schön...«

Alle saßen nun schweigend da, keiner wollte den nächsten Schritt machen.

»Äh, entschuldigen Sie, meine Herren. Ich müsste mich kurz zurückziehen«, sagte plötzlich Lady Godfrey. Miss Harrington, würden Sie mir kurz behilflich sein? Das Personal hier ist..., sagen wir, etwas zu sehr auf das Bedienen von Männern ausgelegt. Ausserdem möchte ich Ihnen ein paar Kleider schenken. Sie brauchen unbedingt eine neue Garderobe.«

Ryker zog die Augenbrauen hoch. Molly sah unsicher zu ihm hinüber, doch dieser nickte kurz.

Die beiden Damen zogen sich zurück. Die Männer, standen wie selbstverständlich auf, als sich die Ladys erhoben und verneigten sich.

Als sie draussen waren, begann Ryker, die Forderungen seinerseits zu kommentieren.

»Sir William, Sie überraschen mich. Ich wüsste zu gerne, warum Sie so schnell klein bei geben. Jenkins, Sie wissen sicherlich, wie viel das Angebot wert ist. Die halbe Handelsflotte der Familie Godfrey ist in Nordamerika. Das klingt erhaben. Es sind vier Schiffe, wenn ich mich nicht irre. Eine Bark, zwei Zweimaster und ein Kutter. Ist letzteres überhaupt ein Schiff? Eher ein großes Boot. Nun, ich habe von Schiffen wenig Ahnung. Aber was auf jeden Fall günstig wäre, ist diese Lizenz, weitere Schiffe dort bauen zu dürfen. Was ist denn damit?«

»Diese Erlaubnis steht nicht zur Disposition. Ein vom König verliehenes Recht kann nicht einfach weitergegeben werden.«

»Aber eine Verpachtung an einen Geschäftspartner wäre sicherlich möglich. Sie hätten dadurch einen guten Mann in den Kolonien an einer wichtigen Position.«

Godfrey hatte seine Arme verschränkt und rieb seine Faust an seiner Lippe. Er dachte nach. Zumindest sah es so aus. Oder erkannte Benjamin einen verschlagenen Ausdruck von Triumph im Blick des Lords?

»Gut!«, sagte dieser schließlich. »Ich bin einverstanden!«

»Dann sind wir uns also einig? Sie verpachten zusätzlich die Werft an Mister Jenkins. Wie viele Schiffe er dann baut, ist seine Sache.«

Godfrey hätte zugeben müssen, dass er keine Ahnung vom Schiffbau hatte. Er hatte keine Lust, weiter zu verhandeln und hatte vor allem die schnelle Beendigung der Affaire zum offensichtlich kleinem Preis von 500 Pfund vor Augen. Ein paar alte Seelenverkäufer wurde er dabei gerne los, Schiffe machten nur Ärger und kosteten. Wenn zudem ein langer Krieg bevorstand, konnte man sie zudem noch leichter verlieren als gewöhnlich. Es gab bereits Gerüchte, dass die Krone bald Schiffsraum aufkaufen und dabei nur geringste Preise zahlten würde.

»Nun gut. Dann setzten Sie das als Vertrag auf. Aber kein Wort darin, warum Miss Malone beziehungsweise Mister und Misses Jenkins all das erhalten. Nennen Sie es eine Schenkung zur Hochzeit«, sagte Sir William schließlich einigermaßen froh, dass es so billig über die Bühne gegangen war. Und er hatte noch 1000 Pfund zahlen wollen. Wie dumm!

»Das ist eine hervorragende Idee. Eine Schenkung. Das ich darauf nicht selbst gekommen bin!«, sagte Ryker.

Die beiden Damen hatten sich in das Schlafgemach zurückgezogen. Lady Godfrey setzte sich auf das Bett und klopfte mit der Hand auf die Bettdecke neben ihr.

»Setzten Sie sich zu mir, Kindchen. Ich muss Ihnen einige Dinge erklären. Wissen Sie, was die Männer da unten ausmachen, ist im Grunde ohne Belang. Ich möchte, dass Sie wissen, das ich auf Ihrer Seite bin.«

»Danke, Mylady. Das ist sehr..., liebenswürdig. Aber ich verstehe nicht...«, sagte Molly zögerlich.

»Meine Liebe, genau darum bin ich mit Ihnen hier. Um die Sache ordentlich für beide Seiten zu beenden. Zunächst bitte ich Sie aber, mir zu sagen, ob sie diesen Jenkins lieben.«

»Was? Ich kenne ihn doch kaum. Zugegeben, er ist

wirklich sehr liebenswert. Aber ansonsten...«

»Hm. Gut. Und nun verraten Sie mir bitte, ob Ryker hinter diesem Erpresserschreiben steckt!« Sie hielt Molly einen Brief hin.

»Tut mir leid, Mylady, ich...«

»Na los, lesen Sie. Ist doch gut leserlich geschrieben!«, herrschte sie die junge Frau an.

»Ich..., ich kann nicht lesen.«

»Was? Ach so, natürlich. Auch egal. Hier drin steht, dass man Beweise hat, die Ihre Existenz und Ihren Anspruch auf einen, sagen wir, nicht unerheblichen Teil des Vermögens Godfreys belegen.«

»Ja, und?«

»Und? Egal was wir heute mit Ihnen aushandeln, wir müssen damit rechnen, dass weiterhin jemand versuchen kann, uns zu erpressen.«

»Aber ich versichere Ihnen...«

»Nein! Sie versichern mir nichts. Es gibt nur einen Weg, um endgültig alle Erpressungsversuche zu beenden!«

»Mylady ich verstehe nicht...«

»Morgana, Sie müssen sterben!«

»Um Gottes willen! Mylady! Ich will doch gar nichts haben! Das sind doch Intrigen anderer! Wieso wollen Sie mich töten?«, flehte Molly, die panische Angst bekam.

»Es liegt doch auf der Hand, Kindchen. Es steht zu viel auf dem Spiel für uns. Eine kleine Fischhändlerin wird man kaum vermissen. Einen Lord, der in einen endlosen Skandal verwickelt ist, braucht niemand.«

»Bitte, Mylady, tun Sie mir nichts! Ich mache alles, was Sie sagen!«

»Wirklich..., alles?«

22

»Meine Herren, ich bin untröstlich. Kaum hatten Miss Molly und ich das Schlafzimmer betreten, fiel sie in Ohnmacht. Sie können mir glauben, ich bin zu Tode erschrocken. Ich fürchte, sie hat einen Fieberschub. Ich habe Hobbs nach dem Arzt geschickt. Sie kann selbstverständlich hier bleiben.«, sagte eine sichtlich verstörte Lady Godfrey, als sie zu den Herren zurückkehrte.

Benjamin und Ryker sahen sich an.

»Oh, mein Gott, Mylady. Können wir zu ihr? Sie war doch eben noch kerngesund!«, sagte Ryker, der sofort eine Verschwörung roch.

»Natürlich. Aber ich warne Sie, falls die junge Dame ansteckend ist, sind wir alle in höchster Gefahr!«, mahnte Lady Godfrey, die ein sehr ernstes Gesicht machte, »Bitte, meine Herren, kommen Sie!«

Sie ging voraus, die Treppe hoch. Im Schlafzimmer der Lady lag Molly auf dem Bett und hatte ein nasses Gesicht, eingerahmt von feuchten Haaren. Ruby war gekommen und hatte kalte Wickel vorbereitet.

»Was tust Du da, dummes Ding?«, fauchte Lady Agatha das Dienstmädchen an, »Wir tun nichts, bevor Doktor Lambert kommt! Oder bist jetzt Du der Arzt?«

»Nein, Mylady, ich dachte nur, bei Fieber...«, stammelte Ruby.

»Hinaus, bevor ich mich vergesse!«, rief die Adelige, »Wo bleibt dieser Arzt?«

Molly warf den Kopf hin und her und stöhnte.

»Das ist doch nicht möglich«, entfuhr es Ryker.

»In diesem Fall möchte ich bis zur Vertragsunterzeichnung noch etwas warten, Mister Ryker«, sagte Sir William gelassen, »Warum noch ein Schriftstück produzieren, das nach Ableben eines der Vertragspartner Probleme machen würde?«

Ryker war etwas ungehalten.

»Wir verfassen das Dokument sofort! Ich dulde keinen Aufschub! Die Inhalte sind verhandelt, die Würfel gefallen! Wenn die Dame hier so plötzlich erkrankt und stirbt, wirft das auch kein gutes Licht auf Sie, Sir.«

»Wie Sie wollen. Gehen wir ins Arbeitszimmer, Ryker. Dort können Sie den Vertrag aufsetzen.«

Benjamin stand da und fasste es nicht. Gerade war sie doch noch gesund gewesen. Nun sollte sie auf dem Totenbett liegen? Wo blieb dieser Arzt?

»Mister Jenkins. Bitte warten Sie unten. Wir Frauen kümmern uns um Miss Malone. Wir müssen sie entkleiden und wahrscheinlich abwaschen. Wir werden alles tun, was der Doktor empfiehlt. Ich habe zwei meiner Kinder durch starkes Fieber gebracht. Sie wird es schaffen«, sagte Lady Godfrey und versuchte so, dem jungen Mann Mut zuzusprechen.

Er ging nach unten. Ryker und der Lord arbeiteten an dem Vertrag.

»In Anbetracht der veränderten Umstände muss ich darauf bestehen, dass noch heute die Eheschließung vollzogen wird!«, sagte Ryker mit Nachdruck.

»Wie soll das gehen, Ryker? Soll ich jetzt mitten in der Nacht einen Priester holen? Sie müssen schon bis morgen warten. Vielleicht ist das nur ein kurzes Fieber. Miss Molly ist kräftig und scheint ansonsten bei guter Gesundheit.«

»Was hat man ihr eingeflößt? Sir, ich habe da ein ganz ungutes Gefühl.«

»Mister Ryker! Wenn Sie behaupten sollten, dass Miss Molly hier in unserem Hause irgendwelche Substanzen oder gar Gifte verabreicht wurden, dann werde ich Sie verklagen. Ich habe zudem die Vermutung, dass Sie hinter dieser Erpressungsgeschichte stecken. Haben Sie nicht gute Kontakte nach London? Schließlich kam der Brief von einer Londoner Kanzlei. Unterschätzen Sie meine Kontakte nicht, Mister.! Und nun, schreiben Sie. Und dann will ich alle Beweise und Schriftstücke, die Sie zu der Sache haben!«

Eine gute Stunde später erschien der Arzt, den Lady Godfrey hatte rufen lassen. Er ging mit Lady Agatha nach oben und kam nach längerer Zeit wieder.

»Mylady, Gentlemen? Ich muss Ihnen mitteilen, dass es sich hier um ein gefährliches Fieber handelt. Es ist zu befürchten, dass die junge Dame die Nacht nicht übersteht. Ich rate allen dringend, wegen der akuten Ansteckungsgefahr Abstand zu halten. Sir, ich rate, umgehend einen Priester zu holen, der ihr die Sterbesakramente gibt. Das ist leider alles, was Sie tun können«, sagte der Doktor. Dabei kam er sehr nahe an Benjamin heran und dieser roch eine immense Ginfahne bei dem Mediziner. Benjamin war entsetzt. Er wußte nicht, was er sagen sollte.

»Sir, bitte, es muss doch eine Möglichkeit geben, sie zu retten!«, sagte er schließlich.

»Ich fürchte, niemand kann das. Wir können nur noch beten.«, sagte er Arzt und legte seine Hand auf Benjamins Schulter.

Benjamin schob sie weg und wollte aus dem Raum stürmen. Doch Ryker hielt ihn zurück.

»Sie müssen nun sehr stark sein. Wir brauchen nun einen Priester. Er soll auch die Ehe schließen. Jetzt sofort!«, sagte Ryker, der nun auch etwas ins Schwitzen kam.

»Sind wir noch im Geschäft, Mister Ryker?«, fragte Sir William süffisant. Er grinste abscheulich. Dann rief er nach seinem Diener:

»Hobbs! Kommen Sie her! Sofort!«

23

Benjamin Jenkins stand am Bug des Zweimastscho-
ners, der sich langsam ihren Weg durch die bleigraue
irische See suchte. Es war diesig und man konnte nur
schemenhaft die Umrisse der Ostküste an Steuerbord
erkennen. Zum ersten Mal hatte er seine Heimatinsel
verlassen. Und vieles sprach dafür, dass es für immer
sein sollte. Die junge Frau, die neben ihm stand, blickte traurig auf die Küste. Benjamin versuchte sie auf-
zumuntern.

»Der Kapitän meint, wir werden in etwa fünf bis
sechs Wochen in Boston ankommen. In den Kolonien
können wir ein neues Leben anfangen. Dann musst Du
nie mehr an den schlüpfrigen Felsen Muscheln sammeln und Dein Leben für ein paar Pennies riskieren.
Ich verspreche Dir, ich werde für Dich sorgen. Mit der
Abfindung des Lords kannst Du ein angenehmes Leben
führen. Du kannst alles haben, was Du willst. Vielleicht
eine kleine Farm? Oder doch lieber ein Geschäft in der

Stadt?

»Meinst Du, ich kann dort glücklich werden, so ganz ohne meine Familie? Auch wenn es nicht meine richtigen Eltern waren, ich bin mein ganzes Leben bei ihnen gewesen. Und nun? Sie trauern um mich. Und das zu unrecht. Alle denken, ich wäre am Fieber gestorben. Wie kann man ein neues Leben auf einer Lüge aufbauen?«

»Es war notwendig, um Dich zu retten, Liebling. Sie hätten Dich nicht gehen lassen. Sie hätten Dich geopfert. Deinen Tod vorzutäuschen, war die einzige Möglichkeit, zu entkommen. Als sie am Morgen den Sarg aus dem Haus trugen und ich noch nichts von Deiner Abmachung mit Lady Agatha wußte, meinte ich, mein Leben sei nun auch vorbei. Selbst bei der Beerdigung glaubte ich noch, alles hinzuwerfen und mich ins Meer stürzen zu müssen. Eine Stunde stand ich alleine an Deinem vermeintlichen Grab. Aber als Du dann in dem dunklen Kapuzenumhang vor mich getreten bist und mir alles erklärtest, glaubte ich, ich sei bereits im Paradies. Das ausgerechnet Ryker hinter der Erpressung steckte, hätte ich nie vermutet. Und ich weiß immer noch nicht, wie Lady Agatha es geschafft hat, Rykers Komplizen Harper dazu zu bringen, die Seiten zu wechseln. Ryker wollte Godfrey diskreditieren und stand dabei seinerseits vermutlich in höheren Diensten. Aber nun ist es besser so und wir sind frei. Ich bin jetzt Deine Familie. Denn ich liebe Dich, Molly Malone. Nicht wegen Deines Erbes. Ich liebe Dich, weil Du ein Herz aus Gold hast. Gleich an meinem ersten Tag in Dublin habe ich mich in Dich verliebt. Und ja, ich hasse Muscheln. Ich kann Herzmuscheln nicht ausstehen. Aber ich hätte nichts anderes auf der Welt gewollt, als Deine Muscheln, die Du in Dublin mit dem Handkarren durch die Gassen geschoben hast. Und ich hätte sie Dir jeden Tag abgekauft!«

»Und nun reden Die Leute davon, dass mein Geist den Karren durch die schmalen und breiten Gassen schiebt und ruft: Herzmuscheln, Muscheln, frisch und lebendig!«

Molly lachte und formte mit ihren Händen einen Trichter vor dem Mund. Laut rief sie in die graue See hinaus:

»Cockles and mussels, alive, alive, oh!«

Danke

Im Englischbuch der 7. Klasse stand das Lied von Molly Malone, der Dubliner Fischhändlerin. Damals noch lästiges Lernobjekt, begegnete mir das Stück später wieder als einer der bekanntesten Folksongs. In verschiedenen Versionen hörte ich es über die Jahre immer wieder. Zu seinem eigentlich traurigen Text, einer Ballade über eine unerfüllte Liebe eines unbekannten Erzählers, wollte ich mir eine Geschichte ausdenken, die mit einem -zumindest vorläufigen- Happy End Hoffnung gibt, in einer Welt mit engen und breiten Straßen, eben voller Schwierigkeiten und Hoffnungen. Danke an den unbekannten Autor dieses Liedes.

Leider muss aus rechtlichen Gründen auf ein Abdrucken des Liedtextes verzichtet werden.

Danke an meine Familie, meinen Erstlesern, die mich ermunterten, diese Fortsetzung meiner ersten Novelle »Whiskey jar«, zu schreiben. Danke an die »30 friends of Benjamin Jenkins«. Fortsetzung...folgt.

Weitere Bücher des Autors:

(im Buchhandel erhältlich)

WHISKEY JAR

Novelle

Erschienen bei Books on Demand

im Mai 2021

ISBN: 9783753476476

MOLLY MALONE

Novelle

Erschienen bei Books on Demand

im Mai 2021

ISBN: 9783753479699

KIES VAN BEEK - TOD AN DER GRACHT
Kriminalroman

Erschienen bei Books on Demand

im April 2020

ISBN: 9783751921183

KIES VAN BEEK - GRAB IM MEER
Kriminalroman

Erschienen bei Books on Demand

im Mai 2021

ISBN: 9783753479323

ANDEO, FISCHERJUNGE
Band 1

Roman

Die Lebensgeschichte eines kroatischen Fischers

Erschienen bei Books on Demand

im August 2020

ISBN: 9783751960861